ちくま文庫

ウスバカ談義

梅崎春生

筑摩書房

目次

ウスバカ談義

「今日こちらにおうかがいする途中――」

カロを膝《ひざ》の上に乗せて、貧乏ゆすりをしながら、山名君は話し始めた。

「国電中野駅で二人の男が、喧嘩《けんか》をおっ始めましてねえ。どちらもちゃんとした身なりで、鞄《かばん》なんか持っていたから、多分サラリーマンでしょう。僕は自分で喧嘩をするのはイヤですが、他人の喧嘩を見物するのは大好きです」

「誰《だれ》だってそうだよ。たとえば火事だって、自宅が燃えるのはイヤなもんだが、よその火事だと、急ぎの用をさし置いても、走って見に行く。それでその喧嘩の原因は？」

「それがつまらないことで、足を踏んだとか踏まれたとかいうことらしいです。こういうことはいくら論争したって、片づく話じゃありません。とうとう片方がどなりましたね。シラを切るな、この大バカ野郎とね。すると相手も言い返しました。なにを、このウスバカ野郎！」

山名君はカロの咽喉《のど》をくすぐった。カロは気持よさそうに、グルル、グルルというような音を立てた。

「するとウスバカと呼ばれた方が、怒りましたねえ。まっかになって、カンカンのカアスケになって、鞄を捨てておそろしい勢いで相手の胸ぐらをつかんだですな。ウスバカとは何だ。このおれをつかまえてウスバカとは何ごとだ。取消せ。取消せ！」

「ほう。それで?」

「すると相手も怒って取組合いになるのかと思ったら、意外にもしゅんとなって、うん、なるほどウスバカは言い過ぎだった、取消そう、と言ったもんですからね、いきり立った男も気を抜かれたらしく、相手の胸ぐらから手を離し鞄を拾い上げ、これから言葉に注意せよと捨てぜりふを残して、こそこそと人混みの中に逃げて行ったですな。取消した方も鼠《ねずみ》のようにウロチョロと、どこかに行ってしまった。折角たのしみにしていたのに、喧嘩はそれでおしまいです」

その時レオがニャアと啼《な》きながら近づいたが、山名君から頭をこつんとこづかれ、あわてて方向転換して、私の膝に這《は》い上った。

「おいおい。あまりカロばかり可愛がって、レオにつれなくするんじゃないよ。レオがひねくれるよ」

「はあ。そうでしたか。それはどうも」

埋め合わせのつもりか、彼は自分の膝の上のカロの頭をぐいとこづく真似をした。

「それで――」

タバコに火をつけながら私は言った。

「怒った方の男は、たしか相手を、大バカ野郎と呼んだ筈《はず》じゃなかったかね？」

「そうです。そこが問題です」

箱の中から私のタバコを平気で抜き取って火をつけた。ライターだけが自前である。

山名君はうちに来ると、いつもその流儀なのである。

「中野からバスに乗って、その中で考えたんですけどね、大バカよりウスバカの方が、ののしり方としてはきついんですよ」

「なぜ？」

「大バカてえのはね、バカの大なるものですから、箸にも棒にもかからない手合いのことです。ところがあの二人の男にしても、われわれにしても、一応妻子を持って、社会生活をしている。大バカと言われても、自分は大バカでない、あれはたんなるののしり言葉だてえことを、ちゃんと知っている。だからむきになって、怒る気にはなれない。

やはり洋モクはおいしいですねえ」

山名君はうまそうに煙の輪をはき出した。

「ところがウスバカの方はそうは行きませんや。ウスバカというと、バカの程度が浅いやつで、普通人よりちょっと知能程度が低い手合いです。社会生活もできるが、どこか釘《くぎ》が一本抜けているという感じのものです。あの二人のサラリーマンも、あまりとんとん拍子に出世しないし、仕事上のへまも時々やるし、時には考え込んでオレはちょっと知能が低いんじゃないか、釘が一本抜けてんじゃないか、つまりウスバカじゃないだろうか、という気持が胸の奥底のどこかにとぐろを巻いている。それを真正面から、図星と言わんばかりに、このウスバカ野郎とはっきり言われたら、かっとなるのも当然でしょう。一番痛い真実をつかれたわけですからね。事実かっとなって相手の胸ぐらをつかみ、つかまれた方もこれはむきだしの真実を言い過ぎたと悟って、あっさり取消したんです。口喧嘩にもルールがありましてね、あなた、夫婦喧嘩は時々やりますか?」

「時々というほどじゃないが、まれにはやる」

「その時、相手をグサッと突き刺すような言葉は、お互いに本能的に避けるでしょう。それがルールというものです。あんただって誰かと喧嘩して、大バカと言われるより、ウスバカと言われる方がこたえるでしょう」

「うん。ウスバカ。ウスバカ。なるほど、ウスバカと言われると、むらむらっとする」

「そうでしょう」

山名君は勝ちほこったように、鼻をうごめかした。

「それはあんたにウスバカの気《け》がある証拠です。争えないものですな」

一昨年私は家を建て増して、書斎をつくった。東と南に大きな窓があるので、たいへん日当りがよくて、ぽかぽかとあたたかい。だから猫も私たちの膝に乗ったまま、立ち退こうとしないのだ。山名君はカロの背中をいとおしげに撫《な》でさすった。

「あれ以来猫も、あまり遊びや外廻《まわ》りに出かけなくなったでしょう」

「うん。そうでもないよ」

私はいくらか渋い表情になった。

「時に君は、アレをどうしたんだね。食べてしまったのか？」

カロというのは山名君が持って来た猫である。

私の膝の上に乗っているレオは、うちの子供が中尾さんからもらって来た猫で、色は純白で、顔が小さく尻尾《しっぽ》が長く、耳がピンと立っている。私は猫についてあまり知識はないが、きりっとした風格があって、なかなかいい猫だと思う。ところがある日山名君がやって来て、このレオにけちをつけた。

「ダメですよ、こんな猫、雑種にきまってるじゃないですか。まあ、この尻尾の形の悪いこと」

彼はわが家の差配をもって任じているから、私が勝手に猫を飼ったのが面白くないのである。乱暴にもレオの襟首《えりくび》をつまんで、空中にぶら下げた。

「ほら、脚をだらりと伸ばしてるでしょう。これは鼠もとれない駄猫《だ》です」

「駄猫でもいいんだよ」

私はいくらかむっとして言い返した。

「それに僕の家には、鼠なんか一匹もいない。それに鼠をとるために猫を飼うというのは、功利主義というもんだよ。うちの猫はもっぱら鑑賞用――」

「鑑賞用ならなおのこと、いい猫を飼うべきですよ。よろしい。僕がいい猫を探して来て上げましょう。血統書つきのすばらしいやつをね」

「おいおい。血統書つきはごめんだよ。この前の犬でこりた」

先年山名君は血統書つきの犬を七千円で押しつけたが、その犬は身体が悪くすぐ死んでしまった。医者代その他でかれこれ一万円以上の損害を私にかけたのだから、血統書については彼は私の前ではあまり大口をたたけないのである。彼は頭をかいた。

「では、血統書なしと行きましょう」

それから四、五日して、山名君は意気揚々としてバスケットをぶらさげ、わが家に乗り込んで来た。書斎で蓋《ふた》をあけると、ニャアと出て来たのがこの猫である。

「どうです。いい猫でしょう。ペルシャです」

畳に坐って、不安げにきょときょとあたりを見廻している。毛色が白なのは、レオに張り合ったつもりらしい。しかしその白毛もうすよごれて、全体としてやせこけていて、眼ばかりぎょろぎょろしている。あんまりパッとしない猫相であった。

「眼をごらんなさい。気品があるでしょう。実に高貴な感じがする。これがペルシャ猫の特徴です」

こちらには猫の知識がないものだから、ペルシャだのシャムだのということは、いっこうに弁別出来ない。どうもそこをつけこまれているような気がする。

「名前は、そうですね、カロということにしましょう。カロや、御主人に忠義をつくすんだよ。判《わか》ったね」

猫に忠節を説いても判るものか。私はあきれて言った。

「もちろんこの猫はタダだろうね」

「え？　タダですか？」

「そうだよ。血統書もついていないし、第一猫ごときに金を出す気になれない。それにふつうは、猫を持って来る時には、カツオブシの一本もそえるのが礼儀だよ」

「カツオブシ？　それではまるで踏んだり蹴《け》ったりですな。ええ。それなら、どうせあれだから、タダにしときます」

「え？　どうせあれって、何のことだね？」

「いえ。それはこちらのことです。何でもありませんよ」

むにゃむにゃとごまかしてしまった。しかし全然タダというのも気の毒だから、晩飯を御馳走《ごちそう》して帰した。あとで家人に聞くと、カロは台所に行き、レオの食い余しの猫メシを、おどろくべき速度でがつがつとむさぼり食ったという。

「あれ、捨て猫を拾って来たんじゃないかしら」

というのが家人の意見だったが、山名君に問いただして見ないから、当っているかどうか判らない。

かくしてわが家の猫は二匹になった。

初めの一日二日は、じっと相手を観察して、お互いに反目し合っていたようだけれども、三日目あたりから慣れてじゃれ合うようになった。仲がいいと言っても、やはり猫の世界でも先任者が権利があると見えて、一つ皿に猫メシを盛ってやると、レオが食べ終るまでカロはじっと待っている。レオがすんでから、カロが食事にとりかかるのである。関取りがチャンコ鍋《なべ》を食べ、ふんどしかつぎがそのお余りを食うようなものだ。そういう非民主的なことはいけないと思ったから、も一つ皿を追加して、両者が同時に食べられるような仕組みにした。近頃観察していると、それでもどちらの皿をえらぶかという権利を、レオは確保しているらしい。猫なんて案外封建的な動物だ。

その先任のレオは実に敏感な猫で、ちょっとした音にも耳をびくりと動かすが、カロの方はおっとりしている。おっとりというより鈍感なのである。ある日私が書斎で電気掃除機を使用していたら、レオが入って来たので、ついでにレオの毛皮も掃除してやろうと筒先を近づけたら、レオは、

「ぎゃっ！」

とこの世のものならぬ悲鳴を上げて、垂直の壁をがりがりとかけ登り、鴨居《かもい》をつたっ

て次の部屋に遁走してしまった。吸いつかれるような感覚に仰天してしまったものらしい。その吸いつかれる感覚と掃除機の音が、レオの脳裏でぴたりと結びついたらしく、私が電気カミソリを使っていると、レオは絶対近づいて来ない。あのジジという音が、すっかりにが手になったのである。ところがカロの方は平気だ。掃除機を近づけても、泰然自若としてそっぽを向いている。

「どうもカロはへんだよ」

うちの子供が報告に来た。

「レオと呼ぶと、レオはニャアと返事するけれども、カロは黙っているよ。あれは耳が聞こえないのじゃないかしら」

そう言えばどうもおかしい節《ふし》があるというわけで、実験して見ることにした。両猫の腹の減ったところを見はからって、台所で猫皿をカチャカチャと鳴らす。レオは欣喜雀躍《きんきじゃく》して飛んで行くが、カロは知らぬふりをしている。もちろんレオが飛んで行くのを眼で見たら、自分もくっついて飛んで行くが、そうでない場合は動こうとしない。抱いてつれて行き、皿の猫メシを見せると、ぱっと眼をかがやかせて皿に飛びつく。間違いもなく耳に故障のあることが判った。

「しようがねえなあ。山名君が持って来るのは、いつでも故障品ばかりだよ」

そのカロが鈍感なくせにいたずらが大好きで、この間私のエビオスの瓶《びん》をころころ転がして遊んでいると、何かのはずみで蓋が取れたらしい。ざらざらと畳に散乱した錠剤を、カロは一粒一粒、おそらく百粒やそこらは食べたんじゃないかと思う。私が書斎から出て来て、あわてて拾い集めて瓶に入れたら、量がごそりと減っていた。畳に落ちたものだから、もう人間が食うわけには行かない。

「ああ、もったいない。猫にエビオスを！」

　と思ったけれども、他に使い方もないので、台所に下げ渡して、その度に猫メシに入れてやる。レオはエビオスがきらいで食い残す。カロがその分も食べてしまう。エビオスが好きな猫なんてそうざらにはいないだろうと思うが、そのせいかカロは少しずつ肉付きがよくなり、ぶくぶくと肥《ふと》って、あぶらぎって来た模様である。つまり可愛げがなくなって、憎たらしい趣きを呈して来た。

　寒い間は二匹とも食っては寝、食っては寝という生活をしていたが、だんだん気候がゆるんで来ると、外廻りをし始めた。それならばいいけれども、何やかやをくわえて家に戻って来る。ことにカロにその傾向がはなはだしい。山名君の話によると、カロは高貴の出という話だったが、高貴の出にしてはろくでもないものばかりをくわえて来る。いつだったか長さが四寸か五寸ぐらいの、毛の生えたぐにゃぐにゃしたものをくわえて戻って来て、家中大騒ぎになり、箒《ほうき》やマゴノテで追っかけ廻した揚句《あげく》、ついに口から離させたが、しらべて見るとそれは犬か猫の脚で、しかもすでに腐臭を放っていた。どこにそんなものが落ちていたのか、ふしぎでしようがない。それを取り捨てる役目は、いつも私に廻って来るので、私もついにたまりかねて山名君に電話をかけた。山名君が受話器に出た。

「そうですか。耳が聞えませんか。さては冷えたのかな」

「冷えたって、どこで冷やしたんだね？」

「いえね、猫という動物は純粋種になればなるほど、諸器官がデリケートになって、ちょっとした刺戟《しげき》で故障をおこすんですよ」

「いくらデリケートだって、へんなものをくわえて来るから困るんだよ」

「それは猫というやつは、好奇心の強い動物ですからねえ。めずらしいものをくわえるのは、知的にもすぐれている証拠です。でも、そんなにイヤなら、外廻りが出来ないように、家に閉じこめて置けばいいじゃないですか」

「そういうわけには行かないよ」

「それなら、いっそのこと、去勢したらどうですか。もったいないけれども、去勢したら性質が温良になって、好奇心も減少するかも知れない」

　そんな電話のやりとりがあって、私が別に頼みもしないのに、その日の午後山田獣医が私の家にやって来た。れいの如《ごと》く白い上っ張りを着用、自転車のうしろには柳行李《やなぎごうり》スタイルの猫入れ箱がくくりつけてある。

「この間の犬の件では御愁傷さまでした」

獣医はぺこりと頭を下げた。

「山名さんから頼まれて来たんですがね、お宅では猫を二匹去勢なさりたいそうで——」

「え？　二匹？　山名君は二匹と言っていましたか？」

「ええ。だから二匹入れの猫箱を持って来ましたよ」

仕方がないから子供に頼んで、レオとカロを取寄せて獣医に渡した。腕前があやぶまれるけれども、はるばるやって来たんだから、むげに断るわけにも行かない。山田獣医は二匹を積み込んで、よたよたと自転車で立ち去った。小学三年の子供が、キョセイって何だいと聞くから、私はふくれっ面のまま、山名君に聞けと答えた。

猫が戻って来たのは夕方である。猫箱から出て来たのを見ると、二匹ともしょんぼりして、歩き方もよたよたしている。大切なものを抜かれたのだから、しょんぼりするのも当然だろう。見ると尻のあたりが血だらけになっている。

「おや。また手術をやりそこなったんじゃないでしょうね」

「またとは何です」

山田獣医は憤然と言い返した。

「わたしゃ手術のやりそこないなんて、一度もやったことはないですよ」

「でも、血が——」

「すこしゃ血も出ます。でも、すぐにとまりますよ」

ちり紙に包んだものを、にゅっと突き出した。

「これが証拠です！」

おそるおそるひろげて見ると、血まみれの小肉片や神経らしきものが入っているので、あわてて包み直した。手術料はいかほどですかと聞いたら、二匹分で四千円だとのことで、私は奥に引返し、泣きたいような思いで四千円を支払った。健康保険の恩恵は、飼猫までには及ばないそうである。山名君が何か持って来ると、たとえそれがタダであっても、後でいつも私は金銭的損害を受ける羽目になる。いつもしてやられているのだ。もしかすると私はウスバカじゃないだろうかと反省する。

その晩山名君はやって来た。にこにこしている。

「手術、どうでした？」

「どうもこうもないよ。血だらけだ」

次の部屋からレオとカロがよたよたとあらわれて、妙な啼き方をしながら、山名君に身体をすりつけるようにした。彼はカロだけを抱き上げて、レオをじゃけんに押しやった。ところがレオは押しやられても押しやられても、山名君にまつわりつこうとする。ついに山名君はレオの頭をひっぱたいた。

「秘密はこれですよ」

山名君はポケットから紙包みを出して、見せびらかした。

「薬屋からマタタビを買って来たんです。カロも手術後だから、弱っているだろうと思って――」

「レオだって弱っているよ！」

私はその紙包みをひったくり、戸棚《とだな》の中にしまった。

「君が帰ったあと、公平に二匹に分けてやるよ。カロだけにマタタビをなめさせようなんて、そんな差別待遇は許さない」

「いえ。もちろん、差別待遇などとは――」

山名君は少しへどもどして、視線を膝のカロに移した。

「おや。ずいぶん肥りましたねえ。顔なんかまんまるになってるよ」

「それはエサがいいからだ」

エビオスを食わせていることは、忌々《いまいま》しいから教えてやらない。

「エサがいいだけじゃない。カロというやつは実に大食いだよ。エサ代がかかって仕様がない」

「へえ。そんなに食いますか」

「食うとも。平均してレオの三倍は食べる」

私はレオを指差した。

「見なさい。レオはスマートだが、カロはぶくぶくして、まるで図々しい年増女みたいだろう。君の話では高貴の出だとのことだったが、あんまり品がよくないじゃないか」

「高貴の出だって、肥る時は肥りますよ！」

いくらか腹に据えかねたらしく、山名君は声を荒らげた。

「食うや食わずでひょろひょろしているより、うんと食べて肥っている方が堂々としていいです」

「じゃカロはうちに来た時は、食うや食わずだったのか」

「いえ。そ、そうじゃありません」

山名君はあわてて手を振った。大あわてするところがどうも怪しい。

「あの頃はまだカロは子供だったですからねえ。近頃やっと思春期になって、それで肥り出したんですよ。うん。それに違いない」

山名君は自分の推理に感嘆するごとく、合点合点をした。

「それに、痩《や》せていてトクをすることは、めったにありませんよ。私は軍隊の時、南方のさる島に派遣されることになったんです。ところがその島には食人種がウヨウヨいるという話で――」

「ほう。それは面白い」

すぐごまかされてしまうのが私の欠点である。

「それで？」

「皆戦々兢々《せんせんきようきよう》としましてね、ちょっと部隊から離れると、たちまちとっつかまって食べられると言うんです。ところが僕と同じ班に加藤という男がいましてね、これだけはそんな噂《うわさ》を聞いても平然としている」

「よほど胆《きも》っ玉がすわっている男だね」

「と思うでしょう。それがそうじゃないんです」

彼は平然と私のタバコを抜き取り、ライターを取り出した。

「加藤って男は、痩せているんです。それも尋常の痩せ方じゃない。骨皮筋右衛門とでも呼ぶべき痩せ方で、肉が全然、全然は言い過ぎかな、ところどころにうっすらとしかついてないのです。それで加藤は豪語していましたね。食人種がオレをつかまえたって、食うところがないから、すぐに放免して呉《く》れる。こんな痩せ男にうまれて、ありがたやありがたや――」

「いい加減にしなさいよ。あの頃ありがたや節なんかがあるか」

「ええ、まあそんな具合で、ああ常々の輸送船に乗って内地を出発しました。途中幸い魚雷もくらわず、その島に到着、そこの先住の駐屯部隊の兵隊に聞いて見たら、痩せたのがまっさきに殺されるんだと言う」

「食人種にか?」

「そうです」

彼はうまそうに煙の輪をふいた。

「たとえば、五人つかまるとする。するとその五人を裸にして、木にしばりつけるですな。それかられいの踊り、太鼓にあわせてジャンジャカ踊った揚句、五人の中の一番痩せたのを熱湯の中にほうり込む」

「いきなり食うんじゃないのか?」

「近頃ではね、食人種の食生活も進歩して、文明人並みになって、まずスープを飲むんです。痩せた男はそのスープのダシになるわけです」

「ガラだね。ほんとかい、それは?」

「ほんとですよ。充分にダシが出たら、あとはその熱湯に塩コショウして——」

「まるで見て来たようなことを言うね」

「見たわけじゃないけど、先住の兵隊が説明して呉れたんですよ。スープが終ると、今度はあとの四人が次々に料理されて、食べられるという仕組みです。その話を聞いて、加藤のやつがまっさおになりましてね。おれはスープのダシはいやだ、いやだと、泣きわめいたですな。だからわれわれはなぐさめてやりました。真先に死ぬのはつらいだろうけれど、他の四人は食われちゃうんだぞ。お前はスープのダシになるが、まさか食人種でもダシガラまでは食わないだろうから、形だけは残る。それだけでも満足すべきじゃないだろうか」

「どうもウソのにおいがする」

「というわけで、痩せてトクすることは何もない。スマートだ何だと言っても、肥っている方がよっぽどよろしいです」

彼はいとおしげにカロの頭をなでさすった。

「今日もさぞかし痛かっただろう。よしよし」

「痛いのは僕のふところだ。二匹で四千円も取られたんだぞ」

「四千円？」

「そりゃずいぶんあいつ儲《もう》けやがったなあ」

彼は眼をぱちぱちさせた。

「紹介料として君の方に、リベートが行くんじゃないだろうね」

「冗談じゃないですよ。いくら何でも獣医の上前をはねるなんて――」

「それにあの獣医はヤブじゃないのかね。この間の犬も、入院させたのに死なしてしまったし、今度の手術だって――」

私はカロの尻を指差した。

「見なさい。血だらけになって、彼はすぐにとまると言ってたけれど、まだ出血しているよ」

「あれえっ！」

山名君は大あわてして、カロを膝からおろした。現金なものである。彼は立ち上り、急いで台所にかけて行き、雑巾《ぞうきん》でズボンをこすり廻した。カロの血がズボンにしたたって、点々としみをつくっていたのである。雑巾を洗うジャブジャブ音を聞きながら、私は笑いがこみ上げて来て、声に出すと悪いから、背を曲げてくっくっとむせていた。やがて山名君は戻って来た。

「ひでえなあ。血が出てるなら出てると、ひとこと注意して呉れりゃいいじゃないですか。血なんてものは、なかなか色が抜けないんですよ」

「注意しようと思ったんだがね、その前に君がマタタビのにおいをぷんぷんさせるもんだから、カロが乗っちまったんだよ。悪いのは僕じゃない。マタタビだ」

「膝に乗ってからでも注意すればよかったのに——」

「君がぺらぺらしゃべるだろう。ついその話の面白さに聞きほれて、口を出すチャンスがなかったんだよ。済んだことは、もうあきらめなさい」

私は立ち上って戸棚の上から、れいの紙包みを取って戻って来た。

「これ、獣医が持って来たんだけどね」

「何です、それは？」

「そら、手術して摘出したやつさ」

　そっと紙包みをひろげて、彼に見せてやった。たちまち山名君は眼をかがやかして、興味をもよおしたらしい様子である。

「うん。これがあれで、この細長いのが輸精管か」

「これ、うちに置いといても仕様がないから、欲しけりゃ君に上げるよ」

「それは是非とも」

　というわけで、山名君は紙包みをしっかりと内ポケットにしまった。猫たちは自分らの道具（？）がやりとりされているのも知らぬげに、きょとんとしている。


　結局猫たちの出血がすっかりおさまるまでに、三、四日はかかった。おさまったあと、少しはおとなしくなって外廻りをやめるようになったかと言うと、そうでない。結構障子は破くし、襖《ふすま》には爪《つめ》を立てるし、外廻りしては何やかやをくわえて戻って来る。どこを廻って来るのか知らないが、近頃は一廻りして来ると、まるで炭俵をくぐり抜けたみたいに、真黒になって戻って来る。白猫もいいけれども、よごれやすいのが欠点である。

　久しぶりに山名君がやって来て、ウスバカ談義をしたあと、

「あれは食べたのかね？」

　と私が聞いたのはあの紙包みの内容のことで、山名君はそれに対して、にが笑いをし

ただけで答えなかった。それで私が追い討ちをかけるように、

「漢方薬屋に売り払ったのか?」

と訊《たず》ねたら、言下に、

「いくらなんでも、そんながめついことはしませんよ」

と打消したところを見ると、彼はやはりあれを食ったらしい。しかしどういう料理の仕方をして食べたのか、白状しないから判らない。おそらくヤキトリ式にして食べたのだろうと思う。

益友

「やはり犬を飼うんですな、犬を」

私の邸内、というと大げさになるが、つまり家のまわりを一巡して、縁側にゆっくり腰をおろし、山名君は仔細《しさい》らしい顔つきでそう言った。

「家なんてものは、どんなに厳重に鍵《かぎ》をかけても、ダメですな。その道の専門家にかかれば、ころりとあけられてしまう」

「へえ。その道の専門家というと、泥棒や強盗のことかね？」

「まあその見当でしょう。もっとも僕は泥棒に知合いがあるわけじゃないけれど」

そして山名君は猟犬みたいな眼付きになって、庭先のサンショウの木の下をじっと見つめた。

「足跡があったというのは、あの木の下ですね」

私の返事を待たず、山名君は立ち上って、つかつかとサンショウの木に歩み寄った。

彼は背は高くないが、肩幅がやけに広くて、うしろから見ると渋団扇《しぶうちわ》が歩いているように見える。そこにしゃがむと、ポケットから天眼鏡を取り出して、足跡をしらべ始めた。熱が入って、顔を近づけ過ぎて、額をサンショウのトゲに突き刺され、きゃっという悲鳴を上げて尻餅《しりもち》をついた。重心が肩の辺にあるので、彼は何かというと、すぐ転んだり尻餅をついたりして、威厳を損じる傾向がある。

「ちえっ。いてえなあ」

舌打ちをしながら、体を立て直し、ごそごそと巻尺を取り出した。いっぱしの探偵気取りで、巻尺なんかを持って来るんだから、いやになっちまう。今度はおずおずと、足跡の長さや幅をはかって、ついでに臭いもかいでみたい風情だったが、また威厳を損じるのをおそれたのだろう、そのまま道具をポケットにしまって、肩を振りながら縁側に戻って来た。

「なるほど。あれはたしかに、人間の足跡ですな」

天眼鏡で見なくたって、人間の足跡であることは判《わか》っている。犬や猫が靴《くつ》を穿《は》いて歩き廻るわけがない。

「あたりまえだよ」

「巻尺ではかったところによると、十文半の靴です。つまり十文半の靴を穿いた男が、昨晩お宅の庭に忍び入った、というわけですね」

「十文半ね。ふうん」

家人の話によると、昨夜庭のあたりをごそごそと歩き廻る足音がしたと言う。私は寝つきはいい方だし、音には鈍感なたちだから、深夜の足音などに眼をさましたりはしない。しかし、夜中に他人の庭に入り込んで歩き廻るなんて、ただごとではないから、それは犬じゃないのか、と確かめたら、いいえ、たしかに人間の足音です、犬は足が四本あるから、歩き方が違う、との答えであった。でも、足音だけで、二本足と四本足を、聞き分けられるものかどうか。

「十文半というと、大して大男でもないな。やはり泥棒に入るつもりだったんだろうか」

「そう考えていいでしょうねえ。他人の庭を散歩するなんてことは、常識では考えられないから」

「でもね、靴を穿いている泥棒って、あるかしら。ふつう泥棒というのは、地下足袋とかワラジとか、または裸足《はだし》で」

「何を言ってんですか。ミサイル時代の世の中だと言うのに」

山名君は煙草《たばこ》の煙をはき出して失笑した。

「そんな泥棒々々とした恰好じゃ、すぐ交番で不審訊問に引っかかりますよ。今の泥棒はね、大体においてサラリーマン風。これなら怪しまれないですからねえ。重役タイプなどというのもあるそうです」

「ほんとかね、それは。どこで聞いて来た？」

「ど、どこで聞いたというわけじゃないけれど、近頃大体そうなってるんですよ」

山名君はどもった。彼はいつも何でも知っているような顔をしているが、その根拠を問いただすと、すぐにどもったりもつれたりして、ごまかしてしまう習癖がある。

「これは十文半だから、おそらくスマートな紳士風ですね。こういうのがかえっておそろしい。やはり、犬を飼うんですな。いい犬の出物がありますよ。血統書つきの」

「どうしても、犬か」

私は嘆息した。犬はあまり好きではないが、夜中に怪漢がうろうろしているとあれば、仕方がない。それに私は犬運が悪いのだ。

「その血統書つきってのは、高いんじゃないだろうね。高いのはイヤだよ。ラックみたいなのは、御免だよ」

「ええ。ええ。手頃ですよ。決して高くはありませんよ」

さっきトゲから刺された額を、ハンカチでごしごしこすりながら、山名君は早口で答えた。ラックの名を出されるのが、彼にはつらいのである。

「ラックと違って、先代のエスみたいな実用的な犬です。悪い奴《やつ》にはよくほえるし、よく噛《か》みつくし、多少恰好はよくないですけれどね。首輪も鎖《くさり》もサービスしますよ」

山名君は犬屋ではない。他に職業はあるのだけれども、時々私の家にあらわれて、私が欲しがっているもの、私の家に欠けているもの、必要なものを、どこからか都合して用立て呉《く》れる。呉れるといっても、もちろんタダではない。しかるべき金額を、しかるべきといっても彼にとってしかるべき金額で、私の側からすると、どうも市価の二倍にあたるような金額を捲き上げて行く何でも屋さんだが、向うでは好意と善意をもってやっているらしいので、むげに断るわけにも行かない。便利なこともあるから、ついつい頼むことになるのだ。

今年のタケノコの季節に、山名君と食卓を囲みながら、うまいタケノコが食いたいなあと嘆息したら(丁度《ちょうど》その時食べていたのがタケノコ飯だった)その翌日彼は見事なタケノコを七、八本、リュックサックに詰め、えっさえっさと持って来た。山名君は戦争中現役兵で、重砲部隊に属していたと言うから、矮軀《わいく》ながら腕力はなかなか強い。猿蟹《さるかに》合戦の蟹がにぎり飯を背負っている、そんな感じでかつぎ込んで来た。

「これはいいタケノコです。東京随一です」

山名君は汗をぬぐいながら、もったいをつけた。タケノコの本場は関西だそうだけれども、東京に持って来ると日数が経つから、うまくない。タケノコは鮮度を生命とする。だから地元の掘り立てが最高だというのが彼の自慢で、見ると皆掘り立てらしく、切り口があざやかで、黒い土があちこちにくっついていた。

「地元って、どこだね?」

「東京では、世田谷ですね。世田谷の奥」

世田谷が関東のタケノコの本場とは知らなかった。なんでも山名君の奥さんの実家が世田谷の蘆花公園の近くにあって、またその近くに絶好の竹やぶがあって、そこから買い込んで来たんだという。竹やぶをほったらかしにしていては、いくら絶好でもいいタケノコは出て来ないそうで、やはり肥料をやったり水をやったり、丹精をこめねばならない。その肥料の配分は云々《うんぬん》と、山名君は情熱をこめて、長々と私にタケノコ談義をした。十何歳年下の男から、噛んで含めるように講義されて、その度に面白くないような気分にこちらはなるのだけれども、それが彼の癖なのだから仕方がない。彼は絵描きで、夜学の図画の先生をしているから、すぐにそんな講義癖が出て来るのである。習慣とはおそるべきものだ。

七、八本の中、我が家に少しわけて、あとはどこに持って行くのかと思ったら、皆私のために持って来たのだそうである。

「では、とにかく、賞味してみるか」

すぐに煮つけたり、味噌汁に仕立てたり、タケノコ飯をつくったりして、タケノコずくめの食事をつくって、一同で食べた。なるほど自慢するだけあって、香りもよくやわらかく、八百屋なんかではお目にかかれない絶品だった。うちの子供たちは、剝《む》いたタケノコの皮を指にはめて、

「悪魔だ。悪魔大王だ」

などと喜んで、家中を走り廻っていた。

食事のあと一服しながら、

「まだたくさん残っているんだから、木の芽あえにして食いてえな」

てなことを、私がうっかり口を辷《すべ》らせたらしい。それから四、五日経って、しとしとと雨の降る夕方、彼はずぶ濡れになって、高さ六尺ばかりのサンショウの木を、えっさえっさとかつぎ込んで来た。

「へえ。ごめんください。お待遠さまでした。あちこち探し廻ってねえ、やっと気に入ったのを持って来ましたよ」

「へえ。サンショウが欲しいなんて、そんなこと、おれ、言ったかな」

「言ったじゃないですか。タケノコの木の芽あえが食べたいと、あんなに繰り返し言って、僕に眼くばせしたくせに」

眼くばせなんかした覚えは毛頭ないけれども、向うがそう言い張るんだから、仕方がないのである。とりあえず庭の隅《すみ》に植えて貰《もら》ったが、ずぶ濡れになってがたがた慄《ふる》えているのを見ると、そのまま放って置くわけには行かない。着換えを提供して、それでもまだがたがたしているから、そんなに寒いのか、と訊《たず》ねたら、

「皮膚は若干あたたかくなったけど、身体の芯《しん》がまだつめたい」

とのことで、結局身体の芯をあたためてやるために、お酒とさかなを出す羽目になっ

てしまった。軍隊できたえたと称するだけあって、彼は酒にも非常に強いのである。一合や二合では顔色も変らない。よりによってこんな雨の日に、運んで来なくてもよさそうなものだと思うが、とうとうその日は相当量を飲まれてしまった。身体の芯があたたまって来ると、山名君はれいの講義癖を出して、サンショウにもいろいろの種類があって、一番下等品をイヌザンショウ、トゲのないのをアサクラザンショウ、その他ミヤマサンショウ、何とかサンショウと、いろいろ種類があり、今日持って来たのは黄金《こがね》サンショウという最高級のサンショウで、やはり世田谷の奥に生えていたのを引っこ抜いて来たんだと言う。世田谷の奥はいろんなものを産すると見える。

「持主に黙って引っこ抜いて来たんじゃあるまいね」

「冗談じゃないですよ。ちゃんと持主に交渉して、しかるべき代金を払って——」

それに運び賃を加えて、二千三百円ぐらいをふんだくられた。雨の日にわざわざ運んで来たのだから、要《い》らないよ、とは言い切れなかった。

タケノコだって、八本を全部引受けたおかげで、家のものたちはすっかり食い倦《あ》きて、残りは捨てるわけにもいかず、私が全部を食べなければならぬことになってしまった。朝、昼、晩とタケノコを食う。タケノコなんて時々食うからうまいので、のべつまくなしに食わされては、いくら木の芽などで変化をつけても、うんざりしてしまうものだ。それに八本のタケノコ代だって、安くはなかった。山名君は相当儲《もう》けたらしい。

でも山名君は、私に食傷させようとの目的で、八本もタケノコを持ち込んだのではなかろう。十四年前、彼は復員して上京、ある画塾に通いながら、片や生活のためにヤミ屋をやっていたそうだ。ヤミ屋であるからには、何か欲しいとか足りないとか聞くと、すぐ衝動的にあちこちかけ廻って、物資を探し出して来る。そんな商売を三、四年も続けたものだから、すっかりその習性が身について、ヤミ商売をやめた今でも、私が何か欲しいと言うと、いても立ってもいられなくなる。そこら中をかけ廻り、ムリをしてでも品物を持って来て呉れるのだ。そのムリに対して、表面的にでも、私は感謝せざるを得ない。それで彼がいくらか儲けても、それはヤミ屋の本能みたいなものだから、とがめる筋合いのものでなかろう。

「あの人はいい人だけれど、若いくせにもったいぶっていて、説教癖があるし、品物を持って来ても、儲け方がひど過ぎるようよ。夜学の先生だというけど、あれで生徒に人気があるのかしら」

と、うちの者は嘆くけれども、その度に私は弁解してやる。庭にへんな足跡があると電話すれば、すぐに巻尺と天眼鏡を持ってかけつけて呉れるような奇特な仁は、そうそう世間にいるものではない。

「素直だから、そうなるんだよ。ヤミ屋をやれば、やめたあとでもヤミ屋の習癖が抜けないし、教師になれば、とたんに教師根性が身についてしまう。ふつうの人なら、さっさと切り換えるところを、いつまでもそれから抜け切れない。よほど人物が素直な証拠だよ。紙にたとえれば、吸取紙みたいな人間だ。清濁あわせ飲むといったタイプで、きっと将来大をなすね。それにすべて、うちのことを思ってやって呉れるんだから、あんまり文句は言えないよ」

「でも、あのラックのことじゃ、大迷惑だったわ」

「うん。ラックについては、少々手違いがあったようだな。しかし、蜂《はち》事件じゃ、彼はすっかり手弁当で働いて呉れたよ。あれは気の毒だった」

　昨年の夏、私が旅行から戻って来ると、私の部屋の戸袋に、蜂が巣をつくり始めていた。蜂だの蝶《ちょう》だの蟻《あり》だの、私は虫の生態を観察するのは大好きなので、取りはらいもせずそのままに放置した。毎日毎日幾匹かのハタラキ蜂が、巣をつくる材料をたずさえて、どこからか飛来してくる。最初見つけた時は、垂れ下った房の孔《あな》が、四つしかなかったのに、それが六つとなり、七つとなり、八つとなり、次第にふえて行く。孔の数が十を越す頃《ころ》から、番兵というか衛兵というか、そんなのが巣の入口に立ち始めた。いつでも飛び立てるように羽根をひろげて、ぎろぎろと周囲を見廻している。その番兵が、初めは一匹だったが、孔の数の増加につれて、二匹、三匹とふえて行く。少々物騒なことになって来た。

　私の部屋の戸袋というのは、つくりがお粗末で、すき間なんかがあって、外にも自由に出られるが、部屋の中にも自由に出入り出来るようになっている。だから哨戒《しょうかい》か偵察のつもりだろう、時折番兵蜂が部屋に入って来て、ブンブンとそこらを飛び廻り、私の頭にとまったりする。私がじっとしているから、刺しはしないけれども。

いくら蜂の生態を観察すると言って、観察にも限度がある。どうにか処置しなければ、と考えている中に、蜂の世界にも突貫工事というのがあるらしく、ある日、妙に蜂の出入りがはげしいと思ったら、その日の夕方までに、巣はいっぺんに三倍ぐらいふくれ上って、衛兵も十匹ぐらいに増員されたのにはびっくりした。蜂の世界のことはよく知らないが、女王蜂か王様蜂かの命令で、何々の花の咲く頃までに巣を完成せよということで、かくてこのような突貫工事になったのではないかと思う。衛兵も十匹ぐらいになると、衛兵にも衛兵長というのが出来て、比較的大柄の体格のいい蜂が一匹、悠々とそこらを飛んだりとまったりして、時には部下の蜂たちに何か訓示を与えたり、偵察を命じたりしている風である。もう放っては置けないと、私は山名君に電話した。山名君は早速やって来た。

「一体どうしたんです？」

「蜂がね、戸袋に巣をつくって、困っているんだよ。雨戸の出し入れも、蜂に遠慮をして、そっとやってるくらいなんだ。君の力で取り払って呉れないか」

「そうですか。では早速、現場を見せていただきましょう」

戸袋のところに案内したら、あまり巣が大きいので、ぎょっとした様子である。

「取り払うって、これをですか？」

「そうだよ」

「そうだよ、じゃありませんよ。こんなに大きくなる前に、どうして電話して呉れなかったのですか」

山名君は恨めしげな声を出した。

「あれ、番兵蜂が僕をにらんでるよ。気持が悪いなあ」

「これねえ、ひょっとすると、蜜蜂《みつ》じゃないかと思って――」

と、僕は弁解した。

「だから蜜がとれるのがたのしみに、今まで放って置いたんだよ」

「蜜蜂？　冗談じゃありませんよ」

山名君は小脇にかかえた本を、ぱらぱらとめくった。見ると昆虫図鑑で、なるほど絵描きだけあって、用意周到なものだ。

「そら。蜜蜂というのは、これですよ。恰好が全然違うでしょ。これはね、コアシナガバチといってね、垣根や窓、下見板などに巣をつくる駄蜂です。蜜蜂がこんなところに巣をつくるもんですか。タダで蜜を採取しようなんて、図々しいにも程がある」

「図々しいのは、お互いさまだよ」

「え？　図々しいって、僕のことですか？」

「いや。このコアシナガバチのことだ」

私はうまくごまかした。

「どうやったら、この蜂どもは、退散して呉れるかなあ」

「そうですな。信州なんかでは――」

信州の蜂の子取りの要領を、彼は一席述べたてた後、

「しかし、今回のは蜂の子取りが目的じゃないんですからな、さて――」

腕組みをして、しばらく蜂の巣をにらみつけていたが、

「蚊帳《かや》がありませんか。ええ。古蚊帳でけっこうです」

「蚊帳をどうするんだい？」

「刺されないように、かぶるんですよ。それに、巣をたたき落すのに、何か棒切れをひとつ。かんたんなもんですよ」

「へえ。ずいぶん原始的な方法でやるんだなあ。棒切れって、スリコギでいいかい」

「ええ。けっこうです」

というわけで、古蚊帳とスリコギを出してやったら、山名君は蚊帳をすっぽりかぶり、スリコギを宙に振って具合をためしたりした。まるで西洋の幽霊みたいな恰好である。

「いいですか。ではあなた方は、他の部屋に行って、じっとしてて下さい。障子もきち

んとしめるんですよ。血迷った蜂が、そちらに飛んで行かないとも限らないから」

　蚊帳の中だから、声がくぐもって聞える。

「僕が、よし、というまで、絶対にこの部屋に来ちゃダメですよ。判《わか》りましたね」

　そこで私たちは他の部屋にうつり、障子や窓を固くしめて、聞き耳を立てていたら、やがて蜂の部屋から、ばたんばたんと何ものかが格闘しているような音がおこり、絹を裂くような悲鳴が聞えた。それっ、とばかり私が腰を浮かせかけると、山名君は悲鳴のかたまりになって蜂の部屋を飛出し、廊下をどたどたと走って、私たちのいる部屋にどすんところがり込んできた。私はあわてて障子をぴしゃりとしめた。

「どうしたんだ。しっかりせえ」

　私は山名君を抱き起した。

「蜂は退散したか？」

「退散もくそもありませんよ。アンモニヤ。早くアンモニヤを！」

　うなりながら、身体から蚊帳をむしり取った。

「ああ、痛い。何というむちゃくちゃな悪性蜂だろう。蚊帳の中に飛び込んで、僕を刺すなんて！」

　見ると顔や頭や手などに、数箇所刺されたもようである。だから蜂なんかと、バカにしなければよかったのだ。

「アンモニヤ。アンモニヤはないねえ。オシッコではだめか？」

「オシッコで間に合いますか。それ。薬を、薬を！」

と騒ぎ立てるので、そこらにあった富山の薬袋から、塗り薬を出してつけてやったら、やっと悲鳴がおさまった。それから山名君の語るところによれば、スリコギで力まかせに巣をはたき落したら、衛兵蜂がワッとむらがって襲撃して来たので、あわてて逃げ出そうとしたとたん、蚊帳の裾《すそ》が足にからんですとんと転倒した。転倒したはずみに、なにしろ古蚊帳だから、縫い目が勢いよくほころびたらしい。蜂たちはたちまちそこからなだれ入って、山名君の身体の露出部をチクチク刺して廻ったのである。これでは彼が悲鳴を上げるのもムリはない。

追っかけて来た蜂は、まだ山名君を刺そうと、障子の向うをブンブンと遊弋《ゆうよく》していたが、やがてあきらめたと見え、羽音も聞えなくなってしまった。だから我々は抜き足さし足、廊下を通って蜂の部屋をのぞいて見たら、唐紙に穴はあき、机上の灰皿が飛び散り、さんたんたる光景である。仰天してスリコギを振り廻したから、こんなことになってしまったのだ。

「すみませんでしたねえ。こんなヘマをやらかして」

さすがに山名君は恐縮して、首に手を当ててあやまった。

「この次退治する時は、もっとうまくやります」

「もう蜂退治は君に頼まないよ」

戸袋をおそるおそるのぞき込んだら、巣はごろんと敷居にころがっている。部屋の隅にはね飛んだスリコギを拾って、および腰でつついて見たが、もう孔の中に蜂はいないようであった。あきらめて他の場所に巣をつくりに出かけたのだろう。蜂がいないことを確かめると、山名君は急に元気になって、巣をわしづかみにしてにらみつけた。

「畜生め！　蜂の分際で、こんなところに巣をつくったりしやがって！」

巣を自分のポケットにつっ込んだ。

「この巣、要らないんでしょ。記念に僕が貰って置きますよ」

「うん、いいだろう」

それから山名君は、蜂の退治代と刺され代を請求したいらしく、口をもごもごさせていたが、私が不機嫌にせきばらいをして、さんたんたる室内を見廻したりしたものだから、とうとう何も切り出せなくなって、その日はしょんぼり帰って行った。

あとでの述懐によると、その晩彼は蜂毒のため発熱、七転八倒したという。コアシナガバチにそんな猛毒があるかどうか、私は知らないけれども、常識として七転八倒はちょいと大げさ過ぎるように思う。記念に持って帰った蜂の巣は、見れば見るほどいまいましいので、漢方薬屋に持って行って売り払ったとのことで、蜂の巣は漢方薬の原料になるものらしい。

「いくらで売れた?」

と訊《たず》ねたら、えへへ、と笑って答えなかった。

山名君が名探偵気取りで、庭の足跡を調査してから一週間になるが、まだ何にも彼から連絡がない。血統書つきの犬は、もうこの前で一度こりているから、電話で催促する気持にもなれない。

あれはいつだったか、蜂事件に前後して、私の家にいたエスという犬が死んだ。八年前私の家に迷い込んで来て、何となく飼う気になったのだが、犬の八年とは人間の数十年に当るのだそうで、やはり寄る年波で寿命がつきたのだろう。ある朝、私が歯をみがきに井戸端に出たら、犬小屋の前のコンクリートの上に、エスが寝そべっていた。その寝そべり方がちょっと不自然で、四肢をぐっと突き出すようにして、近づいて見たが微動だもしない。

「エス!」

と呼んでも、動かない。すなわち死んでいたのである。エスの形はしていても、それはもうエスでなくなっていた。

飼っている動物に死なれるのは、哀《かな》しいと同時に、何かやり切れない感じがするものである。手厚く埋葬したいと思うが、うちの庭は狭くて、その余地がない。また自分で鍬《くわ》をふるうのも、気が進まない。こういう時ふっと頭に浮んで来るのが山名君で、その点彼は実に重宝《ちょうほう》な友達である。

早速、電話をかけた。

「え？　エスが死にましたか。それは御愁傷さまのことで。すぐにうかがいます」

二時間ぐらいして、彼は自転車でやって来た。ひとりではなく、白い上っ張りを着た中年の男をうしろに乗せてだ。山名君はその男を紹介した。

「こちらはね、山田さんと言って、犬のお医者さんです」

「初めまして。山田です」

獣医はきんきん声で頭を下げた。

「御遺体はどちらですか？」

仕方がないから子供を呼んで、山田獣医を犬小屋に案内させた。獣医の姿が見えなくなると、私は山名君をなじった。

「いいかい。エスはもう死んだんだよ。死んだのに、獣医を連れて来るなんて、一体どういうつもりだい？」

「いえね、その――」

山名君は眼をぱちくりさせた。

「あんなに可愛がっていらっしゃったんだから、どんな原因でエスが死んだのか、お知りになりたいと思いましてね。それに、死亡診断書のこともあるし——」

「バカな。犬に死亡診断書もくそもあるか」

怒ったって、もう遅い。やがて山田獣医はのそのそと戻って来た。話を聞くと、寄生虫が心臓まで這《は》い上って来たのが死因だとのこと。あとで子供の話を聞くと、獣医はエスの死体に全然手を触れず、じろじろと眺《なが》めていただけだと言う。眺めただけで死因が判るなんて、よほどの天才医者か、あるいはインチキに違いない。

「なるほどねえ」

山名君は嘆声を上げた。

「虫が心臓に食いついちゃ、いくらエスでも死ぬのがあたりまえだ」

「おいおい。感心している場合じゃないよ」

私はたしなめた。

「埋葬の方は一体どうして呉れるんだい？」

「ええ。そのつもりで来たんですよ。お宅に蜜柑箱か何かありませんか」

そこで物置を探して、蜜柑箱を出してやったら、山名君と獣医が二人がかりで、エスをその中にぎゅうぎゅうと詰め込んだ。

「あんまり手荒に詰め込むなよ」

私は注意をした。

「これでも八年間、僕が可愛がっていた犬だよ。僕の寂しい気持も察したらどうだ」

詰め込みが終ったので、私は死体の上に花などを乗せてやり、蓋《ふた》をして釘《くぎ》を打ち込んだ。釘の音は私の胸に、ぎんぎんと響いた。山名君の話によると、都内の某所に犬猫専門の火葬場があり、そこへ持って行くのだという。

「何なら御位牌《いはい》もつくって貰って来ましょうか」

「位牌なんか要らない」

犬の位牌なんかかざったって仕方がない。また自転車に乗り込んだ。一つの自転車に、二人の人間と一つの蜜柑箱が乗るのだから、窮屈を極める。獣医が言った。

「では、のちほど請求書を」

自転車はふらふらと揺れながら、やがて道の彼方に見えなくなった。ろくに仕事もしないくせに何が請求書だと、面白くない気持で私は家に引っ込んだ。

山名君が再訪したのは、それから一週間後である。書斎に通すと、彼は二枚の紙片を私に突きつけた。

「こちらが山田さんの請求書で、こちらが火葬場の領収書です」

ひろげて見ると、火葬場の代金は大体妥当なものに思われたが、獣医の請求書は意外に高い。

『初診料。一金五百円也』

と書いてある。私は眼を剝《む》いた。

「初診料って、死んだものを診察するなんて、初耳だぞ。それに子供の話によると、あの獣医、ろくにエスに手も触れなかったそうじゃないか」

「いえ。あの人は城西随一の名獣医でね、一目でぴたりと死因をあてるんです。あんな名人にかかって、エスもしあわせ者ですよ」

言い争っても果てしがないから、相当する金を渋々彼に渡した。

「それで、君の死体運搬賃はどうなるんだね？」

「いいですよ。そんなもの。僕のささやかな勤労奉仕です」

彼は手をひらひらと振って、しおらしげな返事をした。

「実はね、今日かわりの犬を連れて来たんですよ」

「え？　どこに？」

「今玄関につないであるんです。血統書つきの、実にいい犬です」

「僕がいつ、かわりの犬が欲しいと言った？」

「言ったじゃないですか。エスが死んで、とても淋しい。この淋しい気持を察して呉れとか何とかおっしゃるから――」

山名君は口をとがらした。

「あちこち探して、やっとこちらに合うような犬を見つけて買い取って、連れて来たんですよ」

「なに？　もう買い取ったのか？」

「そうですよ。買い取らなきゃ、あんないい犬だから、よそに廻っちまいます。だから僕が身銭を切ったんじゃないですか」

　山名君は慨嘆にたえぬという顔付きをした。

「七千円です。立て替えるのは、僕もつらかった」

「七千円？」

　私はがっくりとなった。犬如《ごと》きに七千円も出すのは、私の趣味に合わないけれども、事態がかくなったからには致し方ない。玄関に行くべく腰を持ち上げようとすると、山名君は掌《てのひら》をひろげて押しとどめた。

「いや。こちらに連れて来ますよ」

「犬を、この書斎にか？」

「そうですよ。これは戸外で飼う犬でなく、うちで飼う犬です。つまり愛玩用ですな」

　彼は玄関に行き、その名犬なるものを連れて来た。犬は私の顔を見て、くしゃっとした顔をゆがめて、キャンキャンと啼《な》き立てた。私は犬についてはあまり知識はないけれども、見れば見るほど妙な形の犬である。胴体がものすごく長くて、四肢が申し訳みたいにちょんちょんとついている。その上尻尾《しっぽ》がぼたっと大きく垂れ下っているのだ。

「なんだか相撲の琴ケ浜みたいな犬だなあ。その胴体が長いのが取り柄なのか」

「そうですよ。実に可愛らしいでしょう」

彼はいとおしげに犬の背中を撫でさすった。

「それにこの尻尾の見事なこと。実にうまそうじゃないですか」

「犬の尻尾、食えるのか?」

「食えますよ。チョンチョンと輪切りにしてね、四、五時間ぐっすりと煮込みます。ソースや酒を加えてね。あとタマネギや小蕪《こかぶ》、人参なども入れてよろしい。つまりシチュウですな」

「ふん。ふん」

「香料なんかを加えると、ぐっと味が引き立ちますよ。お皿に尻尾と野菜を盛り合わせて、熱いうちにいただきます」

口調がまるでテレビの料理解説者みたいになって来た。

「ことわって置くけれど、僕は犬の尻尾なんかを食う趣味はないよ。君はしょっちゅう食ってるのか?」

「とんでもない。復員後は一度も食べたことはありませんよ」

あわてて手を振った。察するところ、戦地では盛んに食っていたらしい。

「それで名前は、ラックでどうでしょう?」

「うん。ラックか」

「そうです。幸福、幸運という意味ですな。この犬を飼えば、きっとあなたにも運が向いて来るでしょう」

それで犬の名はラックと言うことにきまってしまった。

その日から我が家では、ラックを大切に飼い始めた。七千円も出したのだから、大切にせざるを得ない。下にも置かぬもてなしである。それでラックも少々増長したらしい。所かまわずウンチをするのである。ちゃんと犬の便所をつくってあるのに、そこではしないで、部屋や廊下を汚す。便所を覚える能力がないのかも知れない。

うちのものは言う。

「まんまと駄犬をつかまされたんじゃないの?」

「いや。駄犬の筈はない。恰好が面白いし、それに七千円も出したんだから」

ジステンパーというおそろしい犬の病気があるという話を、うちの子供が学校で聞いて来たのは、その二、三日後である。この病気は雑種だの野良犬はあまりかからないが、純粋種、大切にされている犬にとかく取りついて、殺してしまう難病だそうである。私は気になったから、また山名君に電話をかけて見た。

「ちょっと訊ねるけど、ラックは純粋種かね?」

「もちろんですよ。純粋中の純粋。血統書を差し上げたじゃないですか」

「うん。血統書はいただいたがね」

なんだかよごれた紙片に横文字がずらずら記入してあって、あまり読む気がしないから、机の引出しに放り込んである。

「実はジステンパーにかかりやしないかと思ってね。予防薬か何かないのかい？」

「そうですな。山田さんに問い合わせて上げましょう」

翌日彼の方から電話がかかって来た。

「もしもし、ジステンパーの予防薬があるそうですよ。これを注射すれば、絶対にかからないという――」

「そうか」

「オランダ製でね、値段もちょっと張って、一本三千円」

「三千円？」

「ええ。その薬を持って、もうそろそろ山田さんがそちらに着く頃ですよ」

電話がそれで切れ、人間の私ですら一本千円以上の注射をしたことがないと言うのに、犬に三千円の注射とは何ごとかと、慨嘆これ久しゅうしている中に、玄関のブザーが鳴って、山田獣医が到着した。この前と同じく、白い上っ張りを着用している。有無を言わさず押し上って、三千円の注射をしてしまった。人間の医者は、ろくにあいさつをせず、他人の家に上り込む習慣があるが、獣医にもその傾向があるようである。

注射の済んだあと、ラックの悪い尻癖について質問したら、れいのきんきん声で、

「その時は叱《しか》ればいいんですよ。ただし愛情をもって叱ること」

とのことで、その日から部屋や廊下を汚したら、愛情をもって叱ったり、時には愛情をもって叩《たた》いたり蹴《け》ったりしている中に、ラックは妙に元気がなくなり、便がやわらかくなって来た。つまり下痢便になったのである。ふつうの便でも困るのに、下痢便で廊下などを汚されてはたまったものではない。つくづく困じ果て、また愛想も何もつき果てて、また電話で山名君を呼び出した。山名君は早速やって来た。事情を話すと、彼ははたと膝をたたいて、

「そりゃ精神的圧迫にたえかねて、消化不良をおこしたんですな。いや、それにきまっています。直ぐ山田病院に入院させましょう。いえ、入院代は、僕の責任だから、僕に出させて下さい」

強引にラックを連れ去って行った。下痢便から解放されて、こちらもほっとしている中に、それから十日ほど経って、山名君は小さな壺《つぼ》をたずさえ、悄然《しょうぜん》と我が家を訪れた。

「まことに申し訳ありません」

書斎に通ると、彼はふかぶかと頭を下げた。

「とうとう、薬石効なく、ラックはこんな姿になりました」

「え？　死んだのか？」

「そうです。今日火葬を済ませて、骨壺を持って参りました」

壺を私の机上に差し出した。

「骨をごらんになりますか？」

「いや。もういいよ」

うんざりした気持で、私は骨壺を押し返した。

「思えば実に運が悪かったなあ。ラックも、この僕も！」

「はあ。ほんとに、あなたの益友である僕としたことが——」

「エキユウ？」

私は反問した。すると山名君の説明では、友達にもたくさんの種類があり、たとえば善友、悪友、益友、損友、その他棋友、釣友などいろいろあって、山名君は私の益友をもって任じているのだそうである。純粋の益友かどうか、ちょっと怪しいところもあるが、いや、ラックの件では完全に損友だったような気もするが、とにかく彼がそういう心がまえで、あちこち飛び廻っているらしいことが、ほぼ了解出来た。

もっとも家人の主張によれば、あの骨壺の中の骨も、どこの馬の骨、いや、どこの犬の骨であるか判らない、と言うのだが——

庭の足跡事件以来、まだ山名君は我が家に姿をあらわさない。今度はどんな血統書つきの、どんな立派な番犬を持って来て呉れるのか、なかばワクワク、なかばビクビク、なかばどころか四分の三ぐらいビクビクしながら、私は待っている。

益友を持つ身も、またつらいのである。

孫悟空とタコ

「どうです。粉サンショウは要《い》りませんかね。お好きだったら、上げますよ」

山名君はやって来るなり、そう言った。これが二年前だったら、タダで呉れる筈はなく、いくらかで買えというところだが、近頃彼は児童雑誌などにさし絵が売れるようになって、割に金廻《まわ》りがいい。いろんなものを私に呉れたがるのである。

「デパートやそこらで売っているような、いい加減なものと違います。特別製の粉サンショウ――」

「そりゃ呉れるというなら、いただいてもいいがね。しかしあんなもの、たくさんあっても仕様がないものだし――」

「いいえ。丁度いい量です。しゃれた容器入りでね」

彼はポケットから小さな竹筒を取出した。

「これです」

受取って見ると、まさしく本物のサンショウ入れで、竹筒の上部は木の丸蓋《まるぶた》、下の方に穴があって、細い竹の栓《せん》が差込んである。その栓を抜いて、ふりかけるようになっている。

それはそれでいいが、竹筒の肌《はだ》に焼印が押してある。『山椒』はいいとしても『どぜう』の字があり、高ばし云々《うんぬん》と場所や屋号までが印してある。

「これ、どじょう屋のじゃないか」

「そうですよ」

平然としている。私は一応竹筒を押返した。

「折角のものだから、君んとこで使ったらどうだね？」

「それがね、ぼくはあまり粉サンショウってやつは、薬くさくて好きじゃないんですよ。うちのやつも、嫌《きら》いだと言うし——」

「そうか。じゃもらうということにするか」

押返したのを、また取戻した。

「どこでこれを手に入れたのかね？」

「高ばしにあるどじょう屋でですよ」

「分けてもらったのか」

山名君はあいまいにうなずいた。

「店の人にことわってか？」

「いいえ」

「黙って持って来たんだろう。大方そんなことじゃないかと思ってたよ」

私は嗟嘆《さたん》した。

「つまり、かっぱらって来たんだね。正直に言いなさい」

「かっぱらっただなんて、人聞きの悪いことを言わないで下さい」

彼は口をとがらせた。

「間違えて持って来たんです」

「間違えた？　どう間違ったんだ？」

「ライターと間違えたんですよ。ライターのつもりで、これをつかんでポケットに入れ、うっかりそのまま出て来たんですな。それから浅草に行って、タバコを吸おうと思ってポケットをさぐったら――」

「これが出て来たというわけか。よろしい。筋書はもう判《わか》ったよ。ライターは別のポケットに入っていたという寸法だろう」

「よくお判りですな」

山名君はにやにやと笑ってタバコをくわえ、ライターを出して火をつけた。

「あんたはウナギだのどじょうがお好きのようなので、この粉サンショウを――」

「ちょっと待て。君はどじょうは好きなのか？」

「きらいですよ。あんなヌルヌル」

「じゃ高ばしには誰《だれ》かに連れて行ってもらったのか」

「いいえ。ひとりです」

「そりゃおかしいな。どじょうがきらいなのに、何故ひとりでどじょう屋に行ったんだ。さし画の参考にか？」

「それほどぼくは商売熱心じゃないですよ」

彼は苦笑しながら、煙をはき出した。

「食べに行ったんですよ。もちろん」

「どうしてきらいなものを食べに行く？」

「そ、それが、その――」


山名君は練馬の奥の方に住んでいる。土地の安い時分に買ったのだから、敷地もかなり広い。百坪ぐらいある。公庫から借りて、そこに家を建てた。その当時は一軒家みたいなもので、電車の中からも望見出来たが、この二、三年で見る見る発展、家がごそごそと建ち並び、駅前通りも整備され、各種の店が軒をつらねるようになった。

山名君は家を建てた頃《ころ》、定時制の学校の画の先生をやっていた。暮しはラクでなく、ピイピイしていたが、近頃金廻りがよくなったので、アトリエ風の板の間を建て増した。ここを根城にして、毎日日向ぼっこをしたり、画を描いたり、友達を集めてマージャンをしたりしている。

母屋には賢夫人がいて、一家のすべてを仕切っている。

よくエライ人の演説や挨拶などで、

「私の今日《こんにち》あるは、まったく聡明なる妻の内助のおかげでございましてエ――」

という紋切型にぶつかることがあるが、山名君の場合、彼がそう言ったとしても、紋切型ではない。まったくの真実である。内助というなまやさしいものでなく、まるまるオンブと言っても過言ではないくらいだ。しかし賢夫人のことだから、あらわに自己を主張して、亭主を尻《しり》に敷くことはしない。亭主の顔を立てながら、たくみに操縦している。亭主の言い分を通すように見せかけながら、結局自分の意のままにしてしまうらしい。

たとえば、山名君が用事がないのに遊びに来る日は、きまってテレビで拳闘の好カードがある。夕飯を御馳走《ごちそう》しても、すぐに帰らず、何となくぐずぐずしている。しばらくすると、はっと思いついたように、

「あ。今日はボクシング中継がありましたね」

「見て行くかね。じゃぼくも見よう」

というわけで、一緒にボクシングを鑑賞する。大体山名君は勝負に熱狂するたちで、野球の時もそうだが、拳闘となるとそれがいちじるしく、

「それ、アッパー!」

「ボディ。ボディ。何してるんだ。それ、ボディ！」

と、選手に聞えるわけでもないのに、電気影絵に向って叱咤《しった》し、勉励し、絶叫する。身ぶりがそれに加わるから、たいへんにぎやかで、共に観《み》る者をしてリングサイドにいるような錯覚を生ぜしめる。（うるさいと言えば大いにうるさい）

そこが賢夫人の気に入らないのだろうと、私は思う。かりにも生徒や雑誌記者あたりから、先生、と呼ばれる立場にあるものが、テレビに向ってわめいたり踊り狂ったりするのは、恰好《かっこう》が悪いし人聞きもよくない。しかし夫人のことだから、ツケツケと責めたわけではなかろう。婉曲《えんきょく》にその体裁の悪さを、ちくりちくりと、あるいはじわりじわりと、山名君の胸にしみ入らせたに違いない。

そこで山名君は憂鬱《ゆううつ》になる。体裁がよくないことは百も承知だが、プロボクの中継が始まると、もう条件反射的に口が動き、手の舞い足の踏むところを知らざる状況になってしまう。わかっちゃいるけど、やめられないのである。因果な性分と言えば言えるが、それを矯《た》め直して、にが虫を嚙みつぶしたような顔で見ろというのは、いささかムリであろう。

だから彼は好カードがあると、女房がけむたくなり、私の家にやって来る。手ぶらでやって来るのもなんだから、うちの子供に駄菓子《だがし》を買って来たり、前述のように粉サンショウを手土産《てみやげ》に持って来て、見物料のかわりとする。そしてひとしきりわめいて、晴れ晴れした表情で帰って行く。私はいつか訊《たず》ねたことがある。

「奥さんは自宅で、今頃何をしているんだね？」

「やはりテレビを見てるでしょう。やつもボクシングが大好きだから」

つまり山名君は、自分の家のテレビでボクシングを観ることを、禁じられてはいないのである。見てわめくことは彼の自由だが、同時にそれが具合の悪いものであることを、夫人によって徹底的に仕込まれているのだ。山名家にはバクという名の犬がいて、これが利口なおとなしい犬で、いろんな芸当をやる。おあずけだのチンチンなどは言うに及ばず、お廻り、おころび、ノックダウンなどという高級なのもラクにこなす。よほど辛抱強く訓練したらしい。山名君もその手で訓練されたんじゃないかと、私は疑っている。以前はもっと野性的で、青年客気のようなところがあったが、近頃ではすっかり紳士的となり、用心深くなり、横断歩道以外は渡らなくなってしまった。難局に体当りをすることを避けて、しりぞいて身を守るのをモットーとしている気配すらある。わが家にテレビを見に来るのも、そのひとつのあらわれで、女房と心理的いざこざを起すのがイヤなのだろう。世にもめずらしいおとなしい亭主、手のかからない亭主と、言えば言えるが、近頃時々そうでなくなった。へんな反逆の癖が、山名君には出て来た。

山名夫人は大柄で肥《ふと》っていて、肌がミルクのように白い。背丈も山名君ぐらいはある。

山名君は瘦《や》せているので、ノミの夫婦だと陰口する人もいるくらいだ。

いつもにこにこと愛想がいい。その笑顔は実に人が好さそうで、悪くいえば一本抜けているみたいで、世間知からはるか遠いように見受けられる。冬でも襟《えり》の開いたような服を着ているので、ちょっとまぶしい。

「この奥さん、すこし足りないんじゃないか」

と思う向きもあるが、これが飛んでもない大間違いで、こんな型の女が女房になると、しばしば曲者になるのである。

その山名夫人がいつか私にこぼした。

「どうも近頃、山名は変なんですよ。いえ。ずうっと変なんじゃなく、時々変になるんです。そうね。一箇月か、二箇月にいっぺんぐらいかしら。突然として変になって――」

「どんな具合に変になるんですか？」

「突然機嫌が悪くなるんですよ。つんけんしちゃってね。出入りの商人に当るし、バクを蹴飛《けと》ばしたり怒鳴りつけたり、ぷいと飛び出して行って妙なものを食べて来たり――」

「妙なものって？」

「ケトバシ屋って言うんですか、そこに行って馬肉を食べたり、ドジョウを食べたり……あの人はもともとイカモノ食いの趣味はないんですよ。卵焼きさえあてがってやれば、眼を細くして喜んでるような人なんです。ぬるぬるしたものや、タコのような軟体動物が大きらいな筈なのに、そんなのをえらんで食べに行くんですよ」

「ほう。なるほど。そしてそんな状態は何日ぐらい続くんですか?」

「そうですねえ。短くて一日。長引いても二日ぐらいですか。まるでヒステリイみたい。それが済むと、もとの従順な、あら」

山名夫人は失言して、頰《ほお》を染めた。

「もとの立派な、思慮深い亭主に戻るんです。その間は、何を言ったって、忠告したって、耳に入れても呉れません」

「ああ。あ、ああ」

私は何度も合点合点をした。

「よく判りますよ、山名君の気持。男は時々そんな気分になることがあるんですよ。それを女のヒステリイに対して、オステリイと呼んでいる人もありますがね」

「オステリイ?」

夫人は困惑したように眉をひそめた。

「男の方《かた》は誰もそうなるんでしょうか?」

「いや。なる人とならない人がいますな。環境や人間関係などでね、違いが出て来るんです。ジンマシンみたいなものですよ。私の知っている小説家で、こんなのがいます」

日頃は黙々として、時代小説や推理小説などをせっせと書いて、家業にいそしんでいるのだが、突然としてその発作（？）におそわれると、奥さんや娘さんの簞笥《たんす》の中から着物やスーツ類を引っぱり出し、庭に抱えて行って、池の中にたたき込んでしまう。奥さんも娘さんも黙ってそれを見ている。止めだてしたりわめいたりすると、ますます猛《たけ》り狂って、あらゆるものを池中に放り込んでしまうことを、彼女らは経験上よく知っているから、頭を垂れて嵐《あらし》の過ぎ去るのを待つ他はないのである。思う存分たたき込むと、大先生はそれで気が晴れて、発作は一段落つける。

「オレがこんなに死ぬ思いをして稼いでいるのに、貴様らはのうのうとぜいたくな衣類など買い込みやがって」

というのが、この作家の精神的ジンマシンの原因なのである。池にぶち込んだ衣類の洗濯代や処理代は、また結局先生のふところから出るのだが、そういうことを顧慮しないところに、このジンマシンの特色があるのだ。

「うちのもそうでしょうか。でも、あたしはあの人の稼ぎでぜいたくしてるわけでもないのに」

山名夫人は若干おろおろ声になって、私に言った。

「やはり金廻りがよくなると、そんな発作が起きるんでしょうか。貧乏時代には山名もそんなことはしませんでしたよ」

「金廻りもいくらか関係あるかも知れませんな。しかしそれが唯一の原因じゃありません。山名君は、つまり、孫悟空みたいなもので——」

「孫悟空？」

「いえ。それはこちらのことで——」

面倒くさいから説明はやめた。私が言いたかったのは、山名君は賢夫人にかしずかれて、幸福であり過ぎるのである。よりかかってさえいれば、安楽に過せるのだから、亭主としてはこれ以上のものはない。ところが幸福というやつは、スポンジの寝床みたいで、のうのうとして居心地はいいけれども、長いことそこにいると、やり切れなくなるものだ。どこかにもっと手ごたえのある、つらいけれども生甲斐《いきがい》のある場所がありはしないか。そこに行きたいという一念か欲求不満かがきざし、やがてそれが凝り固まって核となる。

そこで山名君は、孫悟空みたいにキント雲に乗って、脱出をこころみる。ところがどこまで飛んでもお釈迦《しやか》さまの掌《てのひら》で、果てしがない。山名夫人のそんな広大無辺な愛情に抗するすべはないので、彼はどうにかしてこぼれ落ちたいと、つんけん当り散らしたり、平素大きらいなものを食べたり、自虐の手段によって、憂さを晴らそうとする。夫人を傷つけるかわりに、自分が傷つく。それが生きている保証に感じられるのだろうと、私は解釈している。

「でもね、大きらいなドジョウやタコを食べるなんて、オステリイの型としては変ってますねえ。めずらしいですよ。でも、食べさせりゃ発作がおさまるから、かんたんはかんたんだ」

「そうでしょうか」

　夫人は首をひねった。いくら賢夫人でも、賢さに限界があって、男心のそんな機微までは理解出来ないらしい。彼女は賢夫人と言っても、意識的にそう自分を仕立てたのではなく、自然発生的に、人柄や愛情からそうなったのである。

「食べものだけじゃないんですよ。この間などは、うちの便所に落書をしましてねえ」


　自宅の便所に落書する人物は、ちょっとめずらしい。

　便所の落書は、原則として匿名である。署名があったり、

『何の何某。何月何日記之』

　なんて落書は見たことはない。これに反して神社仏閣、重要文化財などに対する落書は、たいてい自分の名、自分の学校や会社の名を書いたり、刻み込んだりしてあるようだが、あれはどんな理由によるものだろう。便所の壁と神社の壁とでは、表現の場として何か違うところがあるのか。どちらもいけないという点では同じなのに、片や匿名、片や署名入り（入りではなく、署名そのものである場合が多い）というのが、私には解せない。

話は外れたが、前述のように、便所の落書は匿名である。誰が書いたか判らない。作者不在、読人不知というところで成り立っている。だから人間は、友人や先輩の家を訪問して便所を借り、ついでに落書をするようなことはあまりやらない。誰が書いたか、直ぐに判るからである。

自宅の場合だってそうだ。山名夫人が呆《あき》れるのもムリはない。

「自分んとこの便所に、落書したんだってね」

「ええ。まあ、少し酔ってたもんでね」

山名君は浮かぬ顔をした。

「誰に聞いたんです？」

「奥さんからだよ」

「へえ。やつがそんなことまで、しゃべりましたか」

彼は奥さんのことをやつと呼ぶ。やつ呼ばわりすることで、かろうじて一等亭主の痕跡を保っているのである。

「実はそれで弱ってんですよ」

「なにも弱ることはないだろう。何を書いたんだね。裸体画か？」

「まさか。共同便所じゃあるまいし」

彼はにが笑いをした。

「字を書いたんですよ。望、という字をね」

「どうしてそんな落書をする気になったんだい」

「何か気分がイライラしてね、街に出て酒を飲み、映画を見て——」

周期的に来る心理的ジンマシンを、彼はイライラと呼ぶ。偶発的なものだと、私に思わせたいらしい。鬱屈した気分のまま街に飛び出し、いつものようにイカモノを肴《さかな》にして酒を飲んだ。それから映画館に入った。こんな状態にある時は、映画が面白かろう筈がない。途中で飽きて、便意をもよおして、便所に入った。三流館なので、掃除も行き届かず、よごれている。壁は落書きだらけだし、床はびしょびしょだ。

何て日本人は公徳心のない国民か！　と痛憤しながら、彼はとっとと急ぎ足で自宅に戻って来た。便所に飛び込んだ。用を足しながら、彼は考えた。共同便所や映画館の便所には、わんさと落書がしてある。落書をするためにあの壁はあるようなものだ。公共物に落書が許されているのなら、うちの便所に落書して悪いという法はなかろう。自分の壁だから、誰にも迷惑はかからない。すなわち公徳心ということは、ここでは問題にならない。

そこまで考えた時、眼の前の白壁が急に広くなったような、まるで映画の七十ミリ画面みたいに、ぐっと拡がるのを彼は感じたのだそうである。思わずポケットに手をつっ込んだら、クレパスが一本出て来た。それをつまんで、何か書こうと思ったが、とっさの場合だから何を書いていいか判らない。便所に入った目的はすでに済んでいるが、何を書くべきやという問題で、彼は更に五分間ばかり上厠《じょうし》していた。それほど苦労するなら、落書はやめて出て来ればいいのに、と常人は思うだろうが、イライラ状態にあるから、そんなわけにはいかない。中止したら欲求不満が持ち越されるおそれがあるのだ。結局彼は考えに考えて、裸体画だの部分画、過激なる文句の使用を避けて、

『望』

の一字を書き記した。そしていくらか満足して出て来た。そうしたことでイライラは半分ぐらい消失した。『望』というのは、希望をもって進もうとの心意気だったが、オステリイ状態がおさまって平常心に戻り、今度は在厠する度に、山名君は自己嫌悪に悩まされ始めた。

「あまり人がやらないことは、やはりやらない方がいいようですな」

泥酔して家に帰り、翌朝二日酔いの状態で目覚める。昨夜の自分の所業を思い出すと、いても立ってもいられない。ワッと叫びたくなるような衝動にかられる。それが宿酔《ふつかよい》の典型的な症状だが、山名君の場合もそれに似ていた。酔っぱらって、いい気になって、白象の背中のような壁に落書をした。当座は満足したけれども、発作が通り過ぎると、自分のオッチョコチョイ性、常識外れの行動が、いやでいやで仕様がなくなったのだ。宿酔時の自己嫌悪は、自分の記憶の中だけにある。ところが彼の場合は、現物として

残っている。毎日一度は、それに対面する。バカなことをしたという意識が、彼をさいなんで、やり切れたものでない。とうとう彼は便秘症状におちいった。

「医者に診察してもらったらね、これは神経性のものだからって、この薬を――」

と彼は散薬を見せびらかした。

「でも、あまり効かないようですな」

「そりゃ効かないだろう。神経的というより、心理的なものだからねえ」

私は答えた。

「そんな薬をのむより、どうしてその落書を消してしまわないんだね。石鹼水かキハツ油を使えば、すぐ消えて、便秘も直るだろう」

「そりゃ消す方法はいろいろありますがね、もし消せば、ぼくはぼくの非を認めることになる。信念をもってやった行動を、今更取消すのは、夫としてのコケンにかかわるじゃないですか」

掌《てのひら》の上の孫悟空のくせに、まだ亭主のコケンにこだわっているところが、いじらしい。形式としては残っているが、実質的にはそんなものは、ふっ飛んでしまっているのである。

「一体やつは何をしてんだろう。うちの娘がいたずら書きしたり、バクが縁側を汚したりすると、すぐに消したり掃除したりするくせに、便所のそれだけは知らんふりしてんですよ。おれに当てつけているのかな」

折角亭主が書いたものだから、意図を尊重して消さないのか、自己嫌悪をおこさせるべく放置してあるのか、彼にも解釈出来ぬ風だ。

「よろしい。その中ぼくが君んちに行って、消してやるよ。消す材料や道具をそろえて置きなさい」

と、私は約束してやったが、つい取紛れて行かない中に、山名家の便所の落書はさらに殖えた。私としても消してやる大義名分がなくなってしまった。彼の麻雀仲間が、それに書き加えたのだ。

何でもその日は午後三時頃から麻雀を始めたそうで、十時頃には解散の約束であった。しかしこの遊びは、負け込んだものが解散を承知しないもので、

「何でえ。勝ち逃げする気か」

などとからんで、結局もう一荘、もう一荘と長引き勝ちなものである。その日もおきまりのコースをたどって、午後十時になった。メンバーの一人結城さんは女性で、さっさと帰って行ったが、あとの二人の男客がおさまらない。山名君は言う。

「ぼくも相当勝っていたんで、そこでやめたかったんですが、鈴木君と不二君が聞き入れないんだな。電話で同じ仲間の矢川君を呼び出した。矢川君も好きな道だから、早速

オートバイに乗ってかけつけて来る。そこでまたにぎり飯を出したり、酒を出したり、え？　やつですか。やつはさっさと八時頃から眠ってんです。麻雀の時は手伝いをしないという約束でね」

　女房が面を出しては勝負に身が入るまいというのが夫人の主張で、早寝をして、あとは男たちのセルフサービスとなる。麻雀場所は建増しの板の間で、ガチャガチャやっても音は母屋に届かない。夫人は悠然と安眠出来るのだ。

　徹夜してガチャガチャやって、朝の六時になった。さすがに疲れをもよおして、ぐったりして中止となった。みんなそれぞれ仕事を持っている身なので、続けてやるというわけに行かない。山名君は自分の家だから、腹ぺこで帰すのも悪い（この次よその家で徹夜することもあるから）と思って、甲斐甲斐しくエプロンをかけ、慣れぬ手付きで味噌汁などをつくって、サービスをした。四人の消耗せる男性は、タバコや酒で荒れ果てた舌で、もそもそと朝飯を食べた。麻雀で徹夜した日の明け方は、勝っても負けても、ひどくわびしいものだそうである。私はしたことはないが。

　その頃になって、やっと山名夫人が眼を覚して起きて来た。男たちが疲れてあおざめているのに反し、夫人は熟睡したので、皮膚もつやつやと張り切っている。

「まあ御苦労さまでした。こんなに遅くまで、いえ、こんなに朝早くまで、山名の相手をして下さって」

夫人のあいさつは、本気で言っているのか皮肉で言っているのか、時々判らないことがある。あの女房はすこし足りないんじゃないかと、陰口を言われるのもそのせいだ。

「どうもお邪魔さまでした」

「お騒がせしました」

と男たちは帰り仕度をして、洗面所で顔を洗ったり、山名君のポマードで頭を撫《な》でつけたりして、帰って行った。そのあと山名君が便所に入ると、壁の『望』の字の上に『絶』と誰かが書き加えている。つづけて読むと『絶望』だ。

「一体誰が書いたんだろうと、ぼくは腹が立ったですな。こともあろうに絶望だなぞと、ひとの便所の壁に縁起でもない」

まさか前夜中座した結城さんが書くわけがない。クレパスの書体が男文字である。すると犯人は誰か。三人の男客にしぼられる。

絶望とは何か。誰が絶望したのか。

「一番負け込んでいたのは、矢川君で、一万円近くの損失でした。これが怪しいと思うけれども、何だか顔をそむけるようにしてこそこそ帰った不二君も怪しいし、鈴木君は迎え酒でふらふらしていたから、これまた疑わしい」

「それで誰が勝ったのかね？」

「ぼくの一人勝ちでね、あとの三人は多かれ少なかれ沈みっ放しでしたよ。だからそれぞれくさって絶望していたわけで、三人とも動機がある」

というのが山名君の説だったが、動機なんて大げさなことを、考えないでもいいんじゃないか。ふらふらと便所に入る。そこに落書がすでにしてある。何だか気やすい心持になって、つい自分も誘発されて、無意識（？）に手を伸ばしてそこに書き加える。山名君は画家なので、そこの板の間に、鉛筆やクレパスはごろごろしている。書く条件はととのっているのだ。書いたのは矢川か不二か鈴木か知らないが、さほどの心理的抵抗はなく『絶』と書き加えたのに違いない。動機も悪意もないのだ。元があるから利子を生んだようなもので、誰が悪いかと言えば、最初に落書した山名君がよくないという他はないのである。

ところが意外にも、その縁起でもない落書は、山名君の健康に益をもたらした。医者の薬でもなおらなかった便秘が、たちまち快癒《かいゆ》してしまったのだ。今まで自分の字を見るのがイヤで、上厠したくないとの気持が、山名君の腸の具合を狂わしていたのだが、今度書き改められたことによって、その落書は彼の意志ではなくなった。

「だってぼくは絶望していないですからねえ。絶望したのは、三人の中の誰かです。ぼくの心境と関係ない」

という悟りに達して、上厠するのが全然苦痛でなくなった。その日から快便があって、調子がすっかり回復したのだそうである。悟りというよりも、彼の頭や神経がすこし人間離れをしていて、単細胞生物的に出来ているんじゃないか、と私は時に疑うことがある。そんなに単純に反応したり、切り換えが出来るものかどうか。拳闘を見せるとわめき立てる様子などを見ても、ますますその疑問はつのる。それを山名君に言うと、怒るにきまっているから、何も言わないけれども。

「なかなか面白い話だね」

と私は言った。

「でもね、朝起きて君がそれを見る。奥さんも見る。子供さんも見る。それから三人で食卓を囲んで、今日は天気がいいねとか、その中ハイキングに出かけようとか、壁の字には触れずに希望的な話題を交《かわ》しながら、つつましい朝食をとる。市民生活としては健全な形じゃないと思うけれど、どうだろう?」

「うちの食事がつつましいと、どうしてあんたに判るんです?」

すぐこんな妙な反応をするのが、山名君の癖である。どだい質問の主題を外れている。

「この頃はいいものを食ってるよ。見せたいぐらいなもんです。朝から動物性蛋白質やビタミンやミネラル……」

「そうか。それはぼくの失言だった」

私は素直にあやまった。

「で、その落書はそのままにしとくつもりかね」

「ええ。その中大掃除をやるんで、その時にでも消そうと思うんですがね。何も急いで消すこたあない」

その忌わしい落書文字を、ついこの間魚屋の小僧が消してしまった。いきなり魚屋が出て来て話につじつまが合わぬようだが、山名君の話はいつもそんな風に唐突なのである。小僧と書いたが、正確には魚屋の見習い兼御用聞配達係で、たいへん気のいい若者だそうだ。前にも書いたように、山名君はあの界隈の草分けみたいな先住民なので、駅前商店街の人たちも彼には一目置き、深甚な敬意を払っている。（と山名君は信じている）克ちゃんというその見習いは、山名君に命じられて、腕まくり姿も甲斐甲斐しく、彼の便所から『絶望』を削り取ってしまった。

「どこかいい勤め口はないですかねえ。いえ、ぼくじゃなく、その克ちゃんのことなんです」

克ちゃんの仕事先をなぜ山名君が捜してやらねばならぬか。克ちゃんが彼のとこに居候になったからだ。なぜ居候になったか。山名君が魚屋の主人と喧嘩《けんか》をして、克ちゃんが山名君の肩を持ったからである。なぜ喧嘩をしたか。事の起りは章魚《たこ》からだ。そのタコには、足が七本しかなかった。イライラ状態にあった山名君は、それがコチンと来た。

「何だか急にタコが食いたくなってね、やつに頼んで、駅前から買って来てもらった」

と彼の報告だが、何だかではなかろう。何か原因があったに違いない。夫人の話では、卵焼きを出せばにこにこして、軟体動物類は大きらいとのことであった。さし画の書き直しを命じられたとか、ひいきのチームが負けたとか、彼の場合は何でも心理的ジンマシンの原因になるのである。いや、原因じゃなくて、きっかけだ。大元はぬくぬくとした偽装の亭主の座にあき足りぬという点にあるのだから。

そこで夫人は魚屋からタコを買って来てやって、外出の仕度にとりかかった。イライラにつき合っていると、かえって増長するから、外出して映画でも見物するにしくはないのだ。まったく利口なやり方で、麻雀の時早寝するのと同じ方針で、かくして夫人は永遠に傷つかないで、良妻賢母であり得るのであろう。それにくらべると、何と山名君は下手っくそなジタバタを繰返していることだろうと思う。

「それはとても見事なタコでした。頭が夏蜜柑ぐらいあって、茹《ゆ》で上げたその色もすばらしいベネシァンレッドで、やわらかいことと言ったら、パレットナイフですかすかと切れるほどです。タコはあまり好きでないぼくも、ほれぼれとするような――」

「君はタコは好きでないのか」

「いや。あまりタコとつき合いのないぼくも、すっかり気に入って、皿ごとアトリエに持ち込んで、ビールを飲みながら、パレットナイフで頭や脚の先を削って、ウースターソースをかけて――」

「君はタコにソースをかけるのか」

「一々うるさいですな、あんたは」

　山名君は機嫌を損じた。

「ソースで食っちゃいけないんですか」

「そりゃ好みだから、いけないとは言わないがね」

「そうでしょう。タコなんか、どうやって食おうと、人の勝手ですよ。飲むほどに、食べるほどに、少しずついい気持になって来て――」

　折角タコを買ったんだから、あちこち削って形は悪くなったけれども、一応デッサンを取って置こうと鉛筆を取出し、写し始めたが、どうもおかしい。均衡が取れてないような気がする。ハッと気付いて脚の数をかぞえて見ると、なんと七本しかない。山名君は勃然として怒った。彼の説明によれば、片輪のタコを売りつけた魚屋に対してだけではなく、美学的見地からも怒りを発したのだそうである。

「七本脚のタコなんて、そんなグロテスクなの、ありますか。ほんとに怪しからん」

　しかしデッサンをし始めて、やっと七本脚と判るようでは、絵描きとしては感覚が鈍いんじゃないかしら。麻雀でいえば七筒《チートン》と八筒《パートン》と間違えるようなもので、そのまま上れば完全なチョンボである。あまり自慢になる話ではない。

　それから彼はタコをぶら下げて、電話口にかけつけ、魚屋に電話した。すると克ちゃんが出て来た。

「先刻うちのやつが買ったタコに、文句がある。早速代金を持ってやって来い」

「はあ。あのタコ、少しいかれてましたか」

克ちゃんが答えた。

「すぐにお伺いします」

克ちゃんがやって来た。山名君はその眼の前にタコを突きつけてやった。

「どうだ。脚が七本しかないじゃないか。これで君んとこは、金を取るつもりか？」

「へえ」

克ちゃんは仔細《しさい》にタコの形を調べた。

「あれ。ほんとに七本だよ。こりぁまずいなあ。もう一本は、どうしたんだろう」

「お前んとこの大将が、一本引っちぎって、昨夜の晩酌のサカナにしたんじゃないのか。こんなきずもの、引き取るわけには行かん。金を返せ」

「へえ。やむを得ません」

克ちゃんは代金を差し出した。

「タコはそこらに打ち捨てて下さい。うちから買ったということは、どうぞ御内聞に」

ひたすらあやまって帰って行った。

これでタダでタコを手に入れたことになる。山名君は満足してアトリエにとって返し、またビールをちびちびやっていると、台所の戸ががたがた鳴って、今度は魚屋の大将がやって来た。克ちゃんを背後にしたがえてだ。大将はあから顔の大男で、長年魚屋をやっているせいか、がらがら声の塩辛声だ。

「こんにちは。山名の旦那、いるかい。魚辰だ」

「何だ。何か用か」

はあ。大将が来やがったなと、山名君はタコをわしづかみにして、勢い込んで台所に出て行った。見ると大将はねじり鉢巻をして、頭から湯気を出している。

「おう。旦那。うちのタコに、イチャモンつけたそうじゃないか」

「そのことなら、克ちゃんともう話がついてる」

山名君は克ちゃんの方を顎《あご》でしゃくった。

「克ちゃんも非を認めて、金を返して呉れたぞ。その金、大将が持たせて寄越したんだろ」

「何を言ってる。あのタコ、少しゴザってるというから、そりゃ悪いことをしたと思って、克に金を持たせてやったんだ」

大将は山名君の手にしたタコをにらみつけた。

「あのタコがゴザってるなんて、どうもおかしいと思ったよ。見ろ。ピンピンしてるじゃねえか。まるで生きてるみたいだ。茹でてはあるけどさ」

「誰もゴザってるとは言わないよ。ゴザってはいないけれどね——」

彼はタコをにゅっと突き出した。

「これ、脚が七本しかないぞ。昨夜こっそり一本もぎ取って、残りを客に売ろうなんて――」

「おや。誰がもぎ取りました?」

「そりゃぼくは知らないよ」

「ウソ言いなさい。あっしが一本切り取って、酒のサカナにしたと、克の野郎に言ったそうじゃないか」

大将は山名君からタコを引ったくった。

「昨夜切ったんなら、切り口がある筈だ。見なさい。どこに切り口がある?」

そこで三人が顔を集めて調べて見たら、なるほど切り口がない。脚を七本数えて、八本目のところに、肉がすこし盛り上って、処女の乳首のような形で突出している。まぎれもなくそれが脚の痕跡と知れた。昨日や今日切り取った跡ではない。

「そら。どうだ。これで判るだろ。あっしが切り取ったんじゃないってことが!」

「まあ大将が犯人でないことは判ったがね」

やりこめられて、山名君はくやしげに答えた。

「とにかく脚が七本しかない」

「七本でも六本でも、味に変りはねえよ。ほら、このタコの立派さ!」

大将はタコを掌に乗せて、いつくしむように重さを計った。

「見事なもんじゃねえか。海の中でうめえものを食ってさ、満腹して肥えふとって、タコ壺《つぼ》の中で昼寝していたところを、わっと人間さまにとっつかまったんだ。どうだい。この頭や脚の艶のいいこと」

「しかし七本――」

「いつまで七本にこだわってんだよ。タコというものはね、脚じゃないんだよ。味だよ。なあ、克。タコは味だな」

「へえ」

克ちゃんは頭をかいた。

「そりゃ味が第一ですねえ」

「克ちゃん。君までそんなことを言うのか」

山名君は克ちゃんをにらみつけた。

「うちのやつは、まるまる一匹と思って買ったんだぞ。それなのに脚が足りない。インチキじゃないか。若い世代の君たちが、そんなインチキを打破するために、今こそ立ち上らなきゃ、将来の日本はどうなる？」

「そうですねえ」

克ちゃんはアジられて、また頭をかいた。

「そう言えば、七本はインチキのようだ」

「こら。克。何てことを言いやがる！」

大将は怒った。

「お前、見習いになって、何年になる？　タコなんてものは、七本脚のが時々あるもんだ。それを知らねえのか」

「へえ」

「タコはだな、腹がへると、自分の脚を食う癖があるんだ。だから六本脚のもありゃ、ひどいのは三本ぐらいしかないやつもある。克。よく覚えとけ。七本だからと言って、決して片輪じゃねえんだぞ！」

大将は拳骨で克の頭をぐいと小突いた。

「いてえなあ」

克ちゃんは頭を押えて、口をとがらせた。

「でもね、大将。このタコはうまいものを食べて肥えふとってると、おっしゃいましたね。そんなうまいエサがあるのに、何の必要があって自分の脚を――」

「そ、そりゃタコに聞かなきゃ判らねえ」

大将はすこし狼狽してどもった。

「しかしなにしろ、こんなにいい体格のタコ、相撲で言えば大鵬――」

「むくんでんじゃねえですか。大将」

「また余計な口出しをしやがる」

大将は克ちゃんに眼をむいた。

「なぜタコがむくむんだ？」

「つまり、その、自分の脚を食べて、中毒して」

「そうだ。そうだ。自家中毒だ」

山名君は克ちゃんに応援した。この時ほど若い世代が頼もしいと思ったことはないそうである。

「さっきから削って食って見たが、水っぽくて一向うまくない。持って帰って呉れ」

「こんなにあちこち削ったのを、持って帰って店に並べられるか！」

大将は板の間にタコを叩《たた》きつけた。

「金を返せ！」

「でも、大将。いったん弁償したものを、おとくいさんから取り返すなんて、商人道徳――」

「また余計な口を出す！　道徳もへったくれもあるか。旦那が返して呉れなきゃ、克、お前の今月の給料からさっ引くぞ」

「金は返してやる！」

大将の人使いの荒さに、山名君は義憤を感じて怒鳴った。

「克ちゃん。そんなワカラズヤの魚屋なんか、やめてしまえ。ぼくんちでしばらく暮せ。いい勤め口を見つけてやる」

と言うようなわけで、大将は金を受取ってぷんぷんしながら帰り、克ちゃんは山名家の居候となった。私は訊ねた。

「板の間のタコは、どうしたね」

「水洗いして、克ちゃんと二人で食べましたよ。割にうまかったです。大部分は克ちゃんが食いましたがね」

山名君はけろりとして言った。

「あとでやつに聞いたら、一匹いくらということで買ったんじゃないんだそうです」

「どうやって買うんだ」

「目方だそうです。目方なら、脚が七本でも文句は言えないですねえ。こちらはまるまる一匹いくらで買ったとばかり思って――」

その喧嘩で、心理的イライラは完全消失した。ショック療法みたいな役目を、その喧嘩が果したのであろう。

なおって見ると、今度は克ちゃんが重荷になって来た。職を捜すといっても、山名君は商人づき合いがあまりないし、先生と呼ばれる身分なので、ぺこぺこ頭を下げて廻りたくない。山名夫人は亭主のオステリイの所産には、一切口出しをしない方針だから、知らぬふりをしている。そこで私のところに泣き込んで来たわけだ。

「そうだねえ。考えては置くが」

と私は答えた。

「それで克ちゃんは居候になって、毎日君んちでごろごろしているのか？」

「いえ。なかなかまめに仕事をしますよ。便所の落書は消したし、画を雑誌社に届けたり、八百屋や魚屋に使いに行ったり――」

「魚屋って、遠くまで買いに行かせるのかね」

「いえ。魚辰ですよ」

山名君は平然として言った。

「ぼくがね、あれから魚辰の前を通ると、大将がしょんぼりしてんですな。しょんぼりしているくせに、ぼくの姿を見ると、うらめしげににらみつける」

「へえ。どうしてしょんぼりしてるんだね」

「過労です」

彼は心地よげにタバコをくゆらした。

「克ちゃんがいなくなったもんだから、買い出しから荷おろし、店番から配達、全部自分でやらなきゃならない。今人手不足で、おいそれと小僧が来て呉れない。そこで疲労が積み重なって、ガックリと来た。店も乱雑になって、客足も減ったようです。あんまり可哀そうだから、克ちゃんに命じて、サバを買って来いとか、カマスを買って来いとか——」

「え？　克ちゃんが魚辰に買いに行くのか」

私はびっくりして反問した。

「イヤだと言わないのかね？」

「言いませんよ。喜んで飛んで行きますよ。克ちゃんはもう魚辰の使用人じゃなく、お客さまですからねえ。魚辰の大将も売らないわけにはいかない。便利なことには、克ちゃんは大体元値を知ってるでしょう。だからうまいこと値切って、市価の三割安ぐらいに買いたたいて、帰って来ますよ。やつも重宝しています」

「そりゃまあ可哀そうに」

「え？　誰が可哀そうなんです？」

克ちゃんもずれているが、それに劣らず山名君もずれているようである。

うちの近所の魚屋に話したら、是非とも見習いが欲しいというので、三、四日して山名君の家に行った。夫人は外出中だったが、山名君は板の間に寝そべって、日向ぼっこをしていた。私の顔を見ると、むっくり起き上った。克ちゃんの姿は見えなかった。

「克ちゃんはどうしたね？」

私は訊ねた。

「いい口があったから、知らせに来たよ。住込み三食付きで、給料は――」

「あ、遅かったですな」

彼は嘆声を発した。

「もう職はきまりましたよ」

「へえ。どこに？」

「魚辰です」

山名君はにこにこと笑った。

「昨日行って見たら克ちゃんはね、月給が上ったと言って、喜んでましたよ。従来の三千円増しで復職したんです。これで魚辰も過労から解放されて大喜び、ぼくも肩の荷をおろして大喜び。三方大喜びということで、いろいろ御心配かけましたが、めでたく事は落着しました。どうも、どうも」

というわけで、どうも私は山名家に絶望なんてムードは存在しないし、ないんじゃないかと、その時思い、今も思っている。つまり天下泰平なのである。

八島池の蛙

諸君は転んで顔を打ったことがあるか。転んで顔に怪我《けが》したことはないか。私は二度もある。

(威張っているのではない)

もちろん子供の時は別だ。子供は頭が重いし、また運動も活発なので、前のめりに転ぶことが多い。しかし成人になると、用心深くなって、転ぶ時は尻餅《しりもち》をつくのが普通のようだ。あるいは手で支えるとか。

私の二度は、三十歳の時と、四十八歳の時だ。いい齢をしてつんのめるなんて、威張れた話ではない。三十歳の時、私は海軍の兵隊であった。つんのめった場所は、鹿児島県坊津(ぼうのつと読む)。そのことをかつて私は小説に書いた。

『翌朝、医務室で瞼《まぶた》を簡単に治療してもらい、そして峠を出発した。徒歩で枕崎に出るのである。生涯再びは見ることもないこの坊津の風景は、おそろしいほど新鮮であった。私は何度も振り返り、その度の展望に目を見張った』

生涯再びは見ることもない、と書いたし、当時はそう思っていたが、ある旅行雑誌に頼まれて、この一編を書き終り次第、坊津に行くことになった。あれから二十年近く経つ。どんな変り方をしているか、私が前のめりに落ちた崖《がけ》がどうなっているだろうか。楽しみにしている。

四十八歳は今年。夏信州の蓼科高原で、雨が降っていたし、私は酔っていた。ぬるぬるの小さな坂道を降りる時、いきなりすべって顔をしたたか白樺の根っこにぶっつけたのである。坂道を降りるのだから、すべって後頭部を打つというのなら判るが、前のめりになったということが、当事者の私にもどうしても解せない。時刻は午前三時頃、丑《うし》三《み》つ刻なので、不思議な力が働いて、私の背中を押したのかも知れない。たとえば山霊と言ったようなものが。

山霊に突き飛ばされて顔を打ち、まずきなくさい感じが来た。

軍隊などで下士官から殴られて〈眼から火が出る〉という言葉が形容でなく、実感だと知った人は多いだろう。それと同じように〈きなくさい〉というのも実感である。それもただのきなくさいのではない。極めて絶望的な、惨めな敗北感を含んでいる。その瞬間、「ああ。あの時もこんな感じだったなあ」

十八年前の坊津のことを、私はぱっと憶い出していた。あれにそっくりの感じであった。

くらがりの中で、やっと立ち上る。眼鏡はすっ飛んでいる。懐中電燈も帽子も。辛うじてステッキだけが残っている。私は掌で顔をさぐる。顔が濡れている。濡れているの

かった。

うにして家に戻った。そして鏡を見たら、血だらけになっている。幸いに眼球に傷はな

目じるしにステッキを地面に突立てる。あとはしゃがんで、一切を放棄して、這《は》うよ

は、雨のせいじゃない。ねばった感じから、血だと判《わか》る。

坊津では崖から落ちた。やはり前のめりになって、眼鏡を割った。きなくさい感じがして、それからしばらく失神していたらしい。消防団のような男が二人やって来て、私を宿屋に運んで呉れた。私はそのまま布団の中にころがり込んで、眠ってしまった。

翌朝眼が覚めると、顔がごわごわする。変だと思って鏡を見て、私はあっと驚いた。顔中が赤黒くなっている。血液が凝結して、顔いっぱいに貼《は》りついているのだ。一夜経ったら異相になった驚きは、経験のない人には判るまい。

とにかく傷がどこにあるのか判らない。顎《あご》のあたりからおそるおそるカサブタを剝《は》がし始めた。顎から頰《ほお》、頰から額と剝がして、結局傷は右瞼だと知れた。眼鏡のレンズでそこを切ったのである。傷はそこだけだったが、相当に深かった。前述の医務室で軍医が、

「あぶなかったな。もうちょっと深けりゃ、失明するところだ」

と言ったぐらいだ。

その時のことを思い出したから、蓼科でもまず眼を調べた。異状なしと判り、ほっとする。アルコールで顔を拭く。傷があちこちにある。額に一筋内出血、鼻のつけ根、頬、口の周囲。そんなに傷が多いのは、翌日ステッキの場所を調べたところによると、顔面を白樺の根っこにぶっつけたせいだ。凸凹があるので、ひとまとめでなく、あちこちが傷ついたのである。おおむねかすり傷であった。

やはり酔っぱらって、濡れた坂道を降りるのは、危険だ。

では、酔っぱらわなければいいではないか。そうは行かぬ。飲まざるを得ない事情があった。

近所の草野さんの山荘（天下山房と称す）で、古典を観賞するパーティがあった。発案者は私である。なぜ私が発案したか。その前日に若者たちが天下山房に集まって、ツイスト大会をやった。私も招かれて出席したが、少にして俗韻に適する無く性本立山を愛する性質《たち》なので、ツイストなどはおどれない。他人のおどるのを空《むな》しく眺《なが》め、ただ酒を飲むばかりである。それが残念で、

「明晩は古典のパーティと行きましょう」

と私は草野さんに進言した。その明晩は雨となったが、約束なので中止出来ない。

それにもう一つ。その日の朝刊で、十返肇と中戸川宗一の死を知った。この二人の死はひどく胸にこたえた。十返は私の一つ年長であり、中戸川は私より八つ若い。両者と

も大酒飲みで、その点私は彼等が好きであった。かけがえがないものをうしなったという思いが、胸に突き刺さる。

「トガエリシンダ。ソウイチシンダ」

「トガエリシンダ。ソウイチシンダ」

七、八年前ある同人雑誌で、明らかに私と判る人物をモデルにして、盗作者だときめつけた小説を書いた男がいる。私がその盗作者でないと証明出来るのは、文芸春秋編集者の中戸川宗一だけである。彼と一緒に飲みながら、

「世の中は誤解に充ちあふれているねえ」

と嘆き合ったことが、昨日のことのように思い出せる。その中戸川がまだ四十歳とは、私には驚きであった。私より二つ三つ年少だと思っていた。彼はいつも両肩を振るようにして、私の家にやって来た。しかしもうやって来ない。永遠にやって来ないのである。悲しい。

で、天下山房の古典パーティは、午後九時半頃に始まった。いろいろ手違いがあって開始が遅れた。どうも私が何か企画すると、いつもうまく行かない。どんなわけかと自分でも疑う。

私が天下山房に行ったら、ドイツ人がいて、四合瓶《びん》を傾けながら、レコードを聞いていた。シェーンホフといって、若年にして国を飛び出し、世界各国を放浪している二十

八歳の青年である。草野さんとはその日の昼知合い、今晩古典の会をやるからということで、訪ねて来たのだそうだ。

当の草野さんはいない。武田さんの山荘でビールを飲んでいた。

それから私の弟の信義、信義の友人の遠藤六郎到着（二人とも観世流の能楽師）。

佐々木夫人。草野さん。武田さん夫妻などが到着。そして宴が始まったのが、午後九時半というわけになる。

天下山房は庭が広いけれど、小雨が降ったりやんだりしているので、会場は座敷。縁側のすぐ前に薪《たきぎ》を井桁《いげた》に積上げ、火をつけた。ぼうぼうと燃え上る。座敷の電燈を消して、法竹《ほっちく》のレコードを聞いた。法竹というのは形は尺八だが、長さが違う。二尺三寸あるのだ。それを吹けるのは福岡に一人いるだけで、そう言えばこの間テレビで見たような気がする。尺八よりも陰々滅々たる音色で、雨が降っているし火は燃えているし、そこらあたりに鬼火がただよっているような気がした。また悲しい言葉が胸に浮んでいる。

『ソウイチシンダ。トガエリシンダ』

酒を飲まずにはいられない。酒はいくらでもある。ビール、清酒、ウイスキイその他。

その中に座が乱れ始めて、各自何かやろうと言うことになった。これも私の発案で、私が発案するとろくなことはない。しかしそうでもしなければやり切れない気分が、私にはあった。

シェーンホフ君がドイツの古い民謡をうたった。草野さんが自作の蛙の詩を朗読した。武田夫人が立上ってフラメンコの如《ごと》きものをおどり、武田さんがそれにまつわりついて手足を動かした。誰《だれ》かが批評した。

「美女と野獣だね」

私は、

『花咲かば告げんと言いし山里の……』

という鞍馬天狗の一節をうたい、信義と六郎君は縁側に出て威儀を正して『海女』をうたった。両人とも専門家だから、私のとくらべものにならない。うたい終ると、佐々木夫人が言った。

「背中がぞくぞくしたわ」

その頃から私の酔いは、ガクンと第三期に入ったらしい。やがて薪の火も燃え尽きた。それで宴は終る。

天下山房を出ると、広い舗装路になる。五分ほど歩いて、斜めに小径を降りると私の家がある。

その小径を降りる時、もちろん用心はしていた。三分の二ぐらいは無事に降りた。それで安心して一気にかけ降りようとした時、何か妙な力が働いて、私は前につんのめって、木の根っこに顔を突き当てたのである。

「ああ。またやった！」

きなくさいにおいと痛みに耐えながら、一分間ぐらいじっとしていた。坊津のことを考えていた。絶望的な、死にたくなるような気がする。少しずつ手足を動かして、起き上る体勢をつくる。眼鏡も懐中電燈もない。ズボンも上衣も、おそらく泥まみれだろう。ステッキを濡れた地面に立てて、這うようにして降りる。転んだ時に打ったのだろう。右の肩が痛い。


手当てを済ませ、三時間ほど眠った。眼が覚めると、もう外は明るい。起きて鏡を見ると、惨憺《さんたん》たる顔になっている。自分の顔とは思えない。思えないけれども、確かにこれは私の顔である。

とにかく眼鏡のないのはつらい。外に出てステッキを立てた場所に行くと、眼鏡はあった。しかしレンズは二つともない。割れて散乱したのだ。ステッキその他を押収して、部屋に戻って来た。


「とにかく眼鏡を買わねばならぬ」

と私は考えた。

「今日諏訪まで行こう」

黒眼鏡をかけ、魚釣り用の黒いジャンパーを着る。も一度鏡を見ると、あちこちの切傷とサングラスがよく調和して、殺し屋の大将のように見える。それがちょっと私の気に入った。

「よし。皆をおどしてやろう」

そんな考えが浮ぶのは、まだ酔っている証拠である。ステッキをつき、誰もいない山道をひとりですごみながら、天下山房に行った。声をかけると、草野さんがごそごそと起き出して来た。

「ははあ。とうとうやったね」

草野さんは笑った。

「どこで転んだんだい」

全然驚かないので、私はがっかりして、ことの顚末《てんまつ》を話した。座敷をのぞくと、信義と遠藤六郎とシェーンホフが眠っている。私たちが話をしていると、三人とも起き出して来た。私の顔をいぶかしげに、また憫《あわ》れむような眼で見ている。

「今日霧ケ峯に行くんじゃないのか」

私は信義に言った。

「諏訪までおれもタクシーで行くから、乗せてってやる。あとはバスで登ればいい」

山房の縁側から霧ケ峯が見える。しかし今日はすっぽりと雲におおわれている。

武田さんのところでは、皆が大いに驚いて、一応私は満足した。玄関からでなく、直接庭に廻り声をかけると、武田さんが出て来てギョッとした。化物じゃなく私であることが判るまでに、三十秒ぐらいかかった。

「まあ上りなさい。ひどい顔になったね」

やっと安心して武田さんは私を招じ上げた。

「フランケンシュタインが出て来たのかと思ったよ」

ビールが出た。原則として私は迎え酒はやらないが、顔がひりひりするし、心もどちらかと言うと真黒になっている。それでビールを飲んでいると、近所の青柳さんがやって来た。自分の顔を指しながら、青柳さんに言った。

「ユウノウミイ？」

青柳さんは眼を大きくして、私を見て手を振った。

「アイドントノウ！」

青柳さんとはほとんど毎日顔を合わせているのである。しかし青柳さんにして見れば、傍にシェーンホフ君が足を投げ出して坐っている。シェーンホフ君は身長が百九十センチ近くあり、横幅も広く、腕などは丸太棒のようだ。それで錯覚して、私を二世か何かと間違えたのだろう。私はサングラスを外し、改めてあいさつをした。青柳さんは困ったように眼を逸らし、慰めの言葉も出ない風だ。突如として陶磁器の話を始めた。青柳さんは陶磁器や古美術の権威なのである。その話の中にヨウヘンという言葉がしきりに出て来る。

「そのヨウヘンというのは、何ですか？」

「ヨウヘンとは窯変と書きましてね——」

畳に字を書いた。陶器や磁器の製造中、投炭の適否、火加減の工合などのため、窯の中で変化があらわれて、変色し、また形のゆがみかわることだそうである。製作者の意志でなく、自然と変化するのだ。

「その色がすばらしい」

私の額の一文字の内出血を指して、青柳さんは感嘆した。

「その色は出そうたって、出せるものでない。一種の窯変ですな」

つまり青柳さんは陶磁器に例をとって、私の顔のゆがみや変色をほめて下さったのである。怪我をしてほめられたのは、生れて初めてだ。しかしへんな慰め方をされるより、ずっと元気がついた。

「そうですか。そんなにいい色ですか」

武田夫人に鏡を借りて卓上に置き、しみじみと自分の顔を眺め、それをサカナにしてビールを飲んだ。

「怪我をして家に引きこもらないで、ギャングに変装してやって来るのが、面白いじゃないの」

夫人からもそう言ってほめられた。いや、ほめられたのか、冷やかされたのか、よく判らない。多分両方だったのだろう。

ハイヤーをやとって、上諏訪に出た。同行者は遠藤君、信義、シェーンホフ君である。車の中で話している中に、私も霧ケ峯に登りたくなった。蓼科に戻って仕事する気にはなれない。

駅前でハイヤーに待ってもらい、一時にここに集まろうと約束する。私は若者たちと別れ、医者に行く。一軒の外科医を見つけて中をのぞくと、待合室にうじゃうじゃと患者が待っている。奥からは子供の泣き声がする。二時間やそこらは待たせられそうなので、傷の治療はあきらめた。皆かすり傷だから、大したことはない。

街を歩くと、通行人が皆私をよけて通るようだ。カサブタだらけの異相なので、気味悪がっているらしい。何かダンプカーにでもなった気持で、空気を押し分け、のしのしと闊歩《かつぽ》する。眼鏡屋に入った。

中年の眼鏡屋も、初めは私を見て、びくびくしていたが、サングラスを外して検眼を始めた時から、ふつうの態度になった。底が知れたのだろう。

「交通事故にでもあったんですか?」

酔って顔を強打したと白状するのはイヤなので、

「まあそういうもんだ」

と返事をしておいた。眼鏡が出来上り、それをかけて鏡を見ると、凄《すご》みがなくなって、ただの怪我人になっている。代を払って外に出たら、物や人の形が急にはっきり見えた。うれしいような忌忌しいような気分になり、駅前に行って汽車弁当を買い、ハイヤーに乗った。弁当はハイヤーの中で食べた。辛《から》いおかずを食べると、唇の内側にしみ渡る。転んだ時切ったのだ。


上諏訪ではまだ雨は降っていなかった。車が山道に入ると、すこしずつ霧っぽくなり、小雨がフロントガラスを濡らし始めた。天気のせいで、行楽客の姿はほとんど見えない。蓼の海を見て、強清水に入ると、雨がしきりに降っている。展望も何もない。茶店に入って雨のやむのを待ったが、やみそうにはない。大体ここは霧が深いのであって、冬はスキー場になる。降雪量が多いのである。ここにとどまっていては仕方がないので、運転手に相談して、八島池に行くことになった。強清水から左へ降りる途中の大湿原地帯である。運転手が言った。

「ここは降っていても、案外あそこは晴れているもんですよ」

茶店でウイスキイを買い求め、また車に乗る。がたがた道を走る。一面のススキの原に、黒くえぐれた道がある。そのススキの原を雨に濡れながら、六、七人の男たちが軽装で走っている。オリンピックマラソン選手たちの強化訓練らしい。窓から手を出してあいさつをしても、見向きもしない。応じる余裕がないほどの猛訓練をやっているのだろう。

八島池に近づいて行くと、だんだん霧が晴れて来た。そこで下車して、八島池に歩行することにきめた。季節は八月末で、松虫草、ワレモコウ、その他いろいろの草花が、池の周囲に群落して咲いている。一昨年来た時は、自由に立入り出来たのに、今は鉄線で囲まれている。この植物群は採取を禁止されているのだ。そんな意味の立札が立っていた。

一昨年団体でここを訪れた時、仲間の一人が景色を眺《なが》めながら言った。

「ははあ。この景色はホロンバイルそっくりだ」

戦争でホロンバイルに行ったことがあると言う。その後私は小説に満州や蒙古を出すことがあって、しばしばこの風景を思い浮べた。彼方に霧ケ峯が横たわり、ところどころに林や森が見える。私は霧ケ峯のなだらかな山肌《はだ》が好きである。九州で言えば、阿蘇の草千里などだ。岩でごつごつした男性的な山より、草原だけの女性的な山がいい。気分が落着くなどと考えながら歩いている中に、運転手さんが大きな蛙《かえる》を一匹見つけた。信義がその付近で別のを一匹発見した。

「花は天然記念物で採ってはいけないが、蛙はどうだろう」

皆が寄りあつまって相談をした。結局植物は根を持っていて、動かすと枯死してしまう。蛙の方はピョンピョン飛んで、どこにでも歩ける。という解釈が勝ちを占めて、シェーンホフ君が二匹ともビニールの風呂敷に包み込んだ。

「可愛い蛙ネ。実に可愛い」

八島池に来た。展望はいい。きれいな水に草島がいくつも浮き、背景の山々の姿をうつしている。人は誰もいない。その池をバックにして、写真を何枚もとった。車に戻って蛙を調べたら、二匹とも見事なものである。背は黒褐色で、腹は白に褐色のまだらだ。手足を伸ばすと三十センチぐらいある。

ビニールに包まれてから排尿したらしく、濡れている。何故とらえられた時に排尿しなかったのか。私は蛙の気持が判らない。

強清水から同じ道を通って下山するのも芸がないというので、蛙ッ原（げえろっぱら）あたりを横切って、開拓村へ行く。蛙ッ原と呼ぶからには、ここらにも蛙がたくさん住んでいるのだろう。開拓村に走らせながら、白樺の木を指して訊ねる。

「この木、ドイツにも多いのか？」

「あまりないネ。あちら、タンネンバウム多いね」

シェーンホフ君が答える。やがて開拓村に着いた。なぜここを開拓村と呼ぶのか、いつ開拓されたのか知らないが、私はそう呼んでいる。その一軒に入り、お茶をご馳走《ちそう》になり、高原野菜を若干買い込む。主人が聞いた。

「あんたがた、ロケ隊の人かね？」

信義はベレー帽をかぶり、遠藤六郎君は風貌がちょっと三木のり平に似ている。シェーンホフ君は逞しい外人だし、私は私で映画の巨匠みたいな風格を持っている。それでそんな質問が出たのだろう。

「いいえ。とんでもない」

と打消して、また車に乗った。そして私が、

「あの人たちはどうもおれを映画監督と間違えたらしいな」

と言ったら、信義がせせら笑って、

「監督に思えるもんかね。せいぜい切られ役の悪役だよ」

と憎たらしいことを言った。しかしその解釈の方が正確かも知れぬ、とあとで考えた。

茅野まで来て、肉屋で馬肉をたくさん買い込み、蓼科に戻って来た。蓼科ではすっかり天気が回復して、空が赤く夕焼けしている。霧ケ峯がくっきりと見える。も少し待てばよかったなと、皆で残念がった。

蓼科の医者に顔を見せたら、仔細《しさい》に調べて、どれもこれもかすり傷だが、万一破傷風になるといけないとのことで、顔中にバンソウコウをべたべたと貼られた。貼り過ぎた

ので、表情が動かせない。笑うことも泣くことも出来ない。馬肉の包みを持って、とぼとぼ家に戻り、バンソウコウを全部引剝がしてしまった。自分の顔が自分で自由にならない。そんな理不尽なことがあるだろうか。

二匹の蛙は木のたらいの中に入れた。飛び出そうとするので、上に風呂桶《ふろおけ》の蓋《ふた》をかぶせた。その上にビール瓶を置いて、飲み始めた。毎日毎晩酒ばかり飲んで、体のためによくないなと思いながら、ついコップに手が出てしまう。

草野さんがやって来たので、そっと蓋をずらせて見せたら、

「ヤヤッ!」

というような声を出し、一メートルほど飛び退った。草野さんは蛙の詩はつくるけれども、実物の蛙はあまり好きでないそうである。私もそれほど好きでない。動物に関して言えば、蛇《へび》やクモや鼠《ねずみ》のたぐいを、私はそう嫌《きら》いではない。道で会っても平気である。(蛇でもマムシのように毒のあるのは別)しかしそんなのを女性は嫌うようだ。その反面蛙は女性はこわがらない。佐々木夫人もやって来たが、

「可愛いわねえ。この顔の無邪気なこと」

と言いながら、手で撫《な》でさすったりした。私は蛙を嫌いじゃないが、腹の黒のまだらを考えると、手に触れる気にはならない。男の恐《こわ》がるものと女の恐がるものは、特別の例を除いて、大体違うようである。

蛙は二匹ともわが家の湿地帯に放してやった。それから馬肉のナマをワサビ醬油《じょうゆ》で、どんどん食べた。マグロの刺身の味に似ている。今までは安いことが取り柄《とえ》だったが、この二、三年急に値が上った。農家が耕作に耕耘機《こううんき》を使い、馬を使用しなくなったので、品薄になったのである。

たらふく馬肉を平らげて、眠りにつこうとしたら、庭の方から蛙の啼《な》き声が聞えて来た。

顔の傷の方は、その後三日の治療で治ったけれども、あとかたはしばらく残った。一番あとまで残ったのは窯変で、美しい虹《にじ》のように、私の額にかかっていた。それが消えてから私は帰京した。

坊津の場合は眼鏡をこわして、たいへん難儀をした。昭和二十年のことで、眼鏡屋に行っても、眼鏡はない。個人の眼鏡なんかは製造禁止で、レンズはすべて軍用に廻《まわ》っていたのだろう。眼鏡がないと不便なもので、結局そのことで終戦まで苦労した。

今はすぐに買える。新しい眼鏡がその日に間に合う。便利になったことは事実だけれども、転んで顔に怪我した惨めさは、今年の方が強かった。齢ということを考えるからだろう。

教訓。もうこんな齢になると、酔っぱらって坂道を降りるのはやめるべし。どうしても酒を飲む事情が出来たら、よそ様の家に飲みに行かず、ホームグラウンドに迎え討って、相手が怪我するような作戦をとれ。

蛙たちは私がいる間、夜になると庭で啼き交《かわ》していた。一度などは二匹そろってバルコニイに上り込み、壁に向ってしきりに啼いていたこともある。

「まさか八島池に戻して呉れと啼いているんじゃあるまいか」

と思ったが、実はそうでなく、そこらにたかる蛾《が》を食べに来たのである。うちには蛾が多い。多い時はガラス戸や網戸に数百匹取りつくのだ。それをねらって食べに来るのだから、もう蛙たちも定住したと考えてもいいだろう。

蛙は冬眠をする。うまく冬眠の場所を見つけて、また明年の夏対面したいと思っている。たしかにあの二匹は夫婦だから、明年は子蛙をたくさん引きつれているかもしれない。それならそれでまた楽しい。

ふしぎな患者

「ヘチマ爺《じい》さんの話ですか?」

野原君は甘納豆をつまみながら、気が乗らないような返事をした。

彼は肝臓が悪い。

今年は年始にやって来たのだが、それを知っているので、酒を出してやらない。お茶と甘納豆だけだから、あまり彼も気が乗らないのである。

「そうだよ」

私も彼につき合って、甘納豆をつまみながら言った。

「この前来た時、その爺さんの話をして呉《く》れると、約束して帰ったじゃないか」

「それは約束しましたがね」

口をもぐもぐ動かしながら、彼は不確かな返事をした。

「ぼくはヘチマ爺さんとつき合うのに、たいへんな苦労と迷惑をしたんですよ。それをタダで聞こうなんて——」

「いや。いや。ちゃんとそのつぐないはするよ。一席設けて、たっぷり御馳走《ごちそう》をする」

「御馳走だけですか。酒は?」

「酒？　だって君は医者から、酒は禁じられてんだろう」

「ええ。まあそうですが——」

野原君はやや伏目になって言った。

「肝臓だって、いい気にならせてはいけない。時に刺戟《しげき》を与えて、お前は病気なんだぞと、思い知らせてやる必要がある」

「ムチャなことを言うなあ。君は」

私は嘆息した。

「医者がそう言ったのか？」

「医者は言いません。ヘチマ爺さんがそう言ったんです」

野原君は顔を上げて、微笑を含んだ。

「退院する前の日に、爺さんといっしょに院内の風呂《ふろ》に入ったんです。背中を流してやったら、爺さんがしみじみとそう言いました。病気をつけ上らせるなって」

「冗談じゃないよ。酒を飲めば、ますます病気はつけ上るよ。ヘチマ爺さんって、無知な君をつかまえて、悪いことを教え込んだものだなあ」

「無知ですって、このぼくが？」

「そうじゃないか。爺さんのことを全然信用したんだろ」

「まるまる信用したわけじゃないですけれどね」

野原君はにやにやと笑った。

「まあ一家言として、聞き置いた程度ですが、妙に今もそれが心に残って――」

「それがいけないよ。一体その爺さんは、どんな人物なのかね。この前の話では、ウソツキでオセッカイで、いやがらせを得意とする爺さんだと、君は言ってたな」

「ええ。たしかにその傾向はありましたね。最初に入った時、いきなり爺さんの溲瓶《しびん》運びを命じられたんですからねえ」

「なに。溲瓶運びを？」

という風な具合に、彼から話を引き出すことにやっと成功した。以下は野原君の話である。

『ぼくが入ったその大部屋は、八人定員でした。真中が通路になり、両側に四つずつベッドが並んでいる。ヘチマ爺さんはその一番奥の、日当りのいいベッドを占領して、悠《ゆう》然《ぜん》と養病に勤めていました。

え？　なぜヘチマ爺さんと言うかって？

名前が辺地《へち》九郎太というんです。

その名前と顔かたちからして、ヘチマ爺さんというあだ名がついたんですが、ぼくが見たところ、顔はヘチマよりもキュウリに似ていました。夏の終りによく見かけるでしょう。黄褐色《きかっしょく》にふくれて、切るとタネがたくさん入っているキュウリ。あれにそっくりの感じです。

齢は六十ぐらいになりますか。顎鬚《あごひげ》を生やしている。それも黒い色のではなく、黒白入れ交ったゴマシオ鬚です。

ぼくのベッドは爺さんの隣で、入室した時、同室の誰《だれ》かが、

「ヘチマさんには、ていねいにあいさつした方がいいよ。あの爺さんはこの部屋の名主みたいなもんだから」

と注意して呉れた。丁度爺さんは、便所か散歩に出かけていたのでしょう。荷物を整理し終った頃《ころ》、爺さんはとことこと戻って参りました。ぼくは丁重に頭を下げました。

「ヘチマさんですか。ぼくは山下という者です。未熟な病人ですが、なにぶんよろしく」

「なに。ヘチマとは何だ！」

とたんに爺さんが眼を三角にして怒鳴ったもんですから、あれっ、しまった、と思ったですな。

「ヘチマというのは、あなたの姓じゃなかったんですか？」

「わたしは辺地。辺地九郎太だ。間違えるな。まぬけ！」

ぼくは平あやまりにあやまりながら、なるほど、ヘチマからまが抜けるとヘチになる

なと思い、むしろ笑いがこみ上げて来て、あまり腹は立たなかった。ぼくのあやまり方がよかったのか、爺さんはやがて怒りをおさめて、以後十日間爺さんの溲瓶の始末をするという条件で、許して呉れました。』

「溲瓶？　溲瓶の始末とは何だね？」

私はいぶかしく訊《たず》ねた。彼は答えた。

「溲瓶は溲瓶ですよ。それを説明する前に、この病院の便所のことをお話ししましょう。あまりパッとした話じゃないけれど、まあ聞いて下さい」

『その病院の便所は、廊下に出てまっすぐ歩き、突き当って左に折れたところにあります。もちろん男と女は別です。

便所に入ると棚《たな》があり、そこに大きなガラスの器《うつわ》がずらずらと並んでいて、名札がそれぞれつけてある。患者は自分の尿《にょう》をそれに入れるのです。つまり病院側としては、各患者の尿量をしらべる。と同時に、時々少量をフラスコか試験管に取って検査もするらしい。

では、どんな方法で、器の中に尿を入れるか？

一応溲瓶にとって便所に運び、器の中にそそぎ入れる。それが原則になっています。

そこで男と女の違いが出て来るのですな。

女というものが、こんなに形式的でオセッカイ焼きだとは、今まで思ってもみなかった。

たとえばスリッパです。

スリッパをはいて廊下に出る。便所では木のサンダルに穿《は》きかえる。その手続きを男はほとんど踏まない。スリッパのまま便所に入って行く。

ぼくも初めは穿きかえていたが、その中に穿きかえなくなった。皆がやってないことが判《わか》ったからです。便所の入口にスリッパが見えないから、誰も入っていないと思っていると、ちゃんと入っているんですな。扉《とびら》を叩《たた》くとエヘンという応答がある。

考えてみると、便所だって廊下だって病室だって、床がきたないという点では大体同じです。それにスリッパは自分のものだけれど、サンダルは共用でどこの馬の骨が穿いたか判らない。穿きかえる方が、よほど不潔な感じがします。

その点女患者は几帳面《きちようめん》で形式的でしたね。きめられた通り、ちゃんと穿きかえる。便所の入口に二つスリッパがあれば、二人が入っている。三つあれば三人入っている、ということが判る。

規則を守ることはよろしい。しかし彼女たちはそれだけにとどまらない。

男がスリッパを穿いたまま入って行くのを見ると、とがめるんですな。ぼくも何度かとがめられたことがあります。

「ちゃんと穿きかえて下さい。そのためにサンダルが用意してあるんじゃないの！」とがめるのは主につきそい婦とか看護婦ですが、ある時は婆《ばあ》さん患者にやられたこともあります。穿きかえようと穿きかえまいと、彼女らと関係ない筈《はず》なんですがねえ。

「実際男ってだらしないわ。新参者のくせに、あんた少し横着過ぎるよ」

新参者というのが、ここでは決め手でした。古参者なら少々規則を破ってもよろしいということらしいです。その点ぼくは軍隊を思い出しました。軍隊は十九年前亡《ほろ》びたけれども、そのシステムや考え方は形を変え姿を改めて、あちこちに残っているようですね。この病院もその一つでした。

というと、ヘチマ老は最古参の下士官ということになるでしょうか。老は在院日数がもっとも古いのです。

で、老が病床で排尿をする。その溲瓶を持って便所に行き、周囲を見廻《みまわ》して人影がなければスリッパのまま、人影があればサンダルに穿きかえ、辺地と名札がついた器にザアッとぶちあける。あんまり恰好《かっこう》のいい役目じゃなかったですねえ。でも十日間勤めるという約束だから、仕方がありません。

それから他の古参連中のやり方に注意していると、彼等は素手で便所におもむく。溲瓶は使わずに、棚から器を取りおろし、直接そこに排尿する。その合理的なやり方に、ぼくは感心しましたね。要は器に尿を入れることにあるんだから、その方法が一番手っとり早く、確実なやり方です。それに便所の中なので、女たちのとがめを受けるおそれがない。というわけで、ぼくもだんだんその方法を採用するようになりました。

「一体君は、尿はどうしているんだね」

ある日ヘチマ老はうたがいの眼で、ぼくに聞きました。

「溲瓶を使ってないようだが、器に入れてるのか？」

「入れていますよ。確実に」

「どんな方法で？」

「ぼくはね、自分の溲瓶を便所の片隅《かたすみ》にかくしているんです」

と、ぼくは嘘《うそ》をつきました。

「便所で溲瓶にとり、それを器にうつしているんですよ」

「ほんとかね。それは」

うたがいの表情のまま、ヘチマ老は床頭台からノートを取り出して、ちょこちょこと何かしたためました。同室人の一挙一動を書きつけるエンマ帳みたいなものでしょうな。そのノートの表には「反省帳」と書いてあるのです。老はいつか言いました。

「わたしはこの病院の模範患者たらんと志している」

当人は模範患者であるかも知れないが、他にもそれを押しつけるので、迷惑する向きも出て来るのです。

たとえばぼくが胃検査のためバリウムを飲まされる。その前にヘチマ老に相談する。

「バリウムを飲むのは、つらいでしょうか」

「つらいとも。あんなにつらいものはない」

老は言下に答えます。

「あれなら蠟燭《ろうそく》をとかして飲んだ方が、まだましだと思え」

そんなに不味《まず》いものかと気も滅入《めい》り、そして翌日レントゲン室でバリウムを飲んで見ると、さほどでもない。果汁のにおいがして、うまいくらいなものでした。

腹腔鏡《ふくくうきょう》の検査の時もそうでした。

「あんな痛いものはない。五臓六腑《ごぞうろっぷ》が断ち切られるような痛さだ。そう考えろ」

と、老が言うものですから、もう死んだような気になって手術台上にのぼると、さほどでもないんですな。痛いといえば痛いけれども、五臓六腑が断ち切れるというほどのことはない。

もしヘチマ老に詰問すれば、

「痛い痛いと覚悟していたからこそ、痛くなかったのだ。わたしは君を、痛みに負けない模範患者にきたえ上げようと思っているのだ」

などと反撃するでしょう。それが癪《しゃく》なので、僕は黙っている。でも何か起きそうになると、不安で仕方がない。思い余って老人に相談するというわけです。まあ病人というものは、ただよい動く不安な存在ですからねえ。何かにたよりたい気持がするんです』

「で、ヘチマ老は何の病気だね」

と私は訊ねた。

「最古参というからには、何か慢性病みたいなものかね」

「いえ。慢性病ではありません」

野原君は答えた。

「最初は何の病気で入ったのか、知りませんがね、それがなおると次の病気になり、次のがなおりそうになると、別の病気になるんです」

「ふしぎな患者だねえ。病気を小出しにするのか？」

「まあそうですな」

彼はあたり前の表情で答えた。

「ぼくがいた時は右肩の打撲傷と、それから来る神経痛でした」

「打撲傷とは、何かにぶっつかったのかい？」

「ベッドから落ちたんです」

と野原君は、にこりともせず言った。

「近頃では、病気がなおりそうになると、ベッドから転がり落ちるんですな。夜中にどすんと落っこちて、腰を傷《いた》めたり、肱《ひじ》をすり剝《む》いたりするんです」

「小出しにする病気のたねがなくなったのかね？」

「まあそういうことでしょうな。だから同室者の意地の悪いのが、もうそろそろ落っこちそうだと噂《うわさ》していると、果してすてんと落っこちて、あちこちを傷める。傷めたからには、病院としては、手当をしないわけには行かないでしょう。それでついつい退院が延び延びになって、最古参ということになりました」

「おいおい。それじゃまるで、病院に残るために怪我《けが》するようなもんだね」

「ええ。そうですよ」

彼はうなずいた。

「ヘチマ老は女房に先立たれた。ところが息子夫婦がヘチマ老にいい顔をしない。好待遇をしない。どう見ても、いい舅《しゅうと》じゃなさそうですからね。そこで老人も面白くない。病院に入っていた方がましだというわけです。病院というのも、住みなれて来ると、案外快適なものですよ。三度三度のおまんまは食えるし、何も仕事をしなくてもいいし——」

『ぼくが入院して初めの頃は、何てまあ病人ばかりがうじょうじょして、感じが悪いところだと思っていたんですが、四、五日もすると慣れて来て、別に陰気とも何とも感じなくなりました。たくさんの健康人の中に病人が一人いると、可哀そうにとか気の毒にとか感じるものですが、病人ばかりだと、そこに健康人が入って来ると、何か違和感を感じるものです。

病院では廊下が、街でいうとメインストリートに当っていて、面会人は廊下のベンチで会うわけですが、どうも彼等は総じておどおどしています。

どうして面会人と判るかって？

そりゃ判りますよ。彼等は平常の背広や和服をつけている。

患者は皆、寝巻とかパジャマを着ている。そこですぐに判るんです。

もちろんここでは、寝巻とかパジャマの方が、はばがきく。正常服の見舞客は、自分がアウトサイダーになったような気分になるらしいのです。そして劣等感におちいる。健康人が劣等感におちいるなんて、妙な話ですが、事実はまさにそうなのです。ヌーディスト（裸体主義者）の群の中に、礼服を着て入ったような気分になるらしい。だから彼等はおどおどしている。

そんな具合に、メインストリートを通るのは、患者、つきそい婦、医師、看護婦などが主です。朝昼晩には食事車が通る。

食事車には各自の食膳《しょくぜん》が乗せてあって、名札がついています。名札はつけなくともよろしかろう、とは素人考えです。病人によって食事内容が違うのです。

たとえばぼくのは肝臓病ですから、高蛋白《こうたんぱく》、高ビタミンの大御馳走です。卵や肉や魚、その他野菜が豊富についていて、まあ一流旅館の献立ですな。健康保険でこんな御馳走を出したら、病院がつぶれはしないか。その疑問はもっともです。しかしそこはよくしたもので、患者は肝臓病だけでない。高血圧もいるし、糖尿病もいる。腎臓病や痛風もいる。御馳走が悪いという患者がたくさんいる。それでバランスがとれているんでしょうな。

ぼくみたいな高蛋白、高ビタミンでも、翌日何か検査があるような時には、食事止めの札がベッドにかけられる。その場合は、何も食べられない。そこで病院側も儲《もう》ける。ヘチマ老は神経痛ですから、特別な食事は与えられない。平常食です。平常食というのは、まあ外食券食堂の食事ですね。御飯とお汁《しる》と、煮魚か何かのへんてつもないおかず一品です。

だから食事時になると、皆のうらやましそうな視線が、ぼくにあつまる。最初のうちは気の毒で、ぼくもかくすようにして食べていました。同じ健康保険料をはらう。食事料も保険に含まれている。それなのに一方が御馳走を食い、片方が貧弱なのを食べる。気の毒というのはその点です。

しかしその中考えなおして、

「御馳走が食べられないような病気になった方が悪いんじゃないか。奴等《やつら》は御馳走を食べ過ぎて、病気になったのだ」

芭蕉の「野ざらし紀行」にありますね。捨子を見て芭蕉は考えます。「ただ是《これ》天にして汝が性《さが》のつたなきをなけ」
ぼくもそんな心境になりました』

「それで君は――」

と私は訊ねた。

「おおっぴらに食べるようになったのか」

「そうですよ」

「まさか見せびらかして食べたんじゃあるまいな」

「見せびらかしゃしませんけどね」

野原君は顎を撫《な》でた。

「それに類することを、少しはしましたよ。たとえば、ああまた今日も牛肉に豆腐と卵か、などと呟《つぶや》いてみたり――」

「悪い奴だね。君という男は」

私は嘆息した。

「いやがらせという点では、ヘチマ老人以上じゃないか」

「そういうことになりますかな」

「そんないやがらせをして、ヘチマ老がよく黙っていたもんだね」

「え。ええ。それは、あの——」

と野原君は言い淀《よど》んだ。

「ヘチマ爺さんには、ぼくが毎日すこしずつ、おかずを分けてやったからです」

「へえ、御機嫌《ごきげん》とりにかね?」

「いえ。そうじゃない」

彼は忌々《いまいま》しそうに、甘納豆を口に放《ほう》り込んだ。

「余儀なくですよ」

「ほう。老人が要求したのかね?」

「いえ。老は模範的患者ですから、あらわに要求はしません。しませんけれども——」

「けれども何だね?」

「独《ひと》りごとを言うんですよ」

「独りごとを? どんな?」

「ウンコやオシッコの話。蛇《へび》や蛙《かえる》の死骸《しがい》や、ウジ虫の話をするんです。話しかけて来るんじゃなくて、あくまで独りごとですからね。制止するわけには行かない」

彼は溜息《ためいき》をついた。

「そこでぼくがためしに、卵焼きの半分とか煮込み肉の二片か三片与えると、ピタリと独りごとが止むんです。てきめんな効果でした」

「へえ。無邪気なもんだな」

　私はあきれた。

「まるで子供みたいじゃないか」

「子供じゃありませんよ」

　彼は憤然として言い返した。

「その証拠に、彼等はワイ談をしたり、恋愛をしたりするんです」

　彼は咽喉《のど》が乾いたと見え、お茶をがぶりとあおった。

『男部屋と女部屋とは別ですがね。なにしろ廊下というメインストリートがある。お互いの部屋には入って行けないけれど、廊下ではすれ違ったり、また同じベンチに腰をかけることもある。

　同病相憐れむといいますか、お互いに病気の身の上ですからねえ、話しかけたり、かけられたりするのは当然でしょう。

「あんたの病気は何だね？」

「あたし、腎臓病よ」

　てな具合に、すぐに仲良しになる。そこにほのかな愛情が発生する。恋愛になる。

ただ健康人のそれと違うのは、恋愛は病院の中だけで、片方が退院してしまうと、おしまいになるのです。中には娑婆《しゃば》にまで持ち越すこともあるそうですが、ぼくの見たところ、そんな熱烈な例はめったにないようでした。

それともう一つ、肉体的接触がほとんどないこと。病院のことですからねえ。人目を忍《しの》ぶ場所や空部屋がない。大部屋に入れないし、廊下で事をおこなうことも出来ない。看護婦やつきそいが、しょっちゅう往来しているからです。

消燈後はどうかって?

消燈後は廊下もくらくなり、曲り角や階段の踊り場で人目を忍ぶことも出来そうですが、生憎《あいにく》と猫《ねこ》が出る。

夕食の始末を、料理人配達人たちは放って帰る。労働基準法のためです。残飯の整理は翌朝になる。そこに猫が眼をつけて、やって来る。やって来て住みついてしまう。ぼくがいた頃は、一病棟に四、五十匹はいましたね。そいつらが消燈後活躍し始める。

彼等はよく肥《ふと》っています。あぶらぎって、むくむくしているのです。そのかわりに逃げ足が速い。ぼくが夜中に便所に立つと、曲り角に何匹も待機していて、近づくとパッと飛び散る。異様な感じでしたな。

ぼくは最初彼等を、病院に飼われているとばかり思っていました。

なぜなら実験用の犬小屋が建物に隣接してあり、夜中などには哀《かな》しい声で遠吠えなどするのが聞えます。国立や公立と違って、この病院は私立なのですが、とにかく実験犬が飼ってある。屋上にはモルモットや鼠《ねずみ》の飼育舎があって、ぼくも一度見に行きましたが、これら小動物は浮世の苦労を知らぬげに、うろちょろと動き廻っていました。

そんな風に実験動物を飼っているから、猫もてっきりそうだと思って、つきそいに訊ねて見ると、

「いいえ。あいつらは勝手に住みついているんですよ。横着な猫ったらありやしない」

よくよく聞いて見ると、何故放置してあるかと言うと、鼠のためだそうです。鼠は病菌を運ぶから悪い。猫がいれば鼠は姿を消す。猫は鼠ほど不潔じゃないから、黙認してあるとのことでした。

いくら黙認でも、四、五十匹はすこし多過ぎる。

すこしは実験に使ったらどうかと、かかりの先生に聞いて見ると、

「いや、あれは実験に向かない」

「なぜですか？」

「あいつは引っかくから」

との答えでした。引っかくから、とは何事でしょう。先生がいなくなってしばらくして、ぼくは笑いがこみ上げて来て、それをおさえるのに苦労しました。

というようなわけで、夜の逢引きはほとんど不可能なのです。「猫が知っている」と

いう題の推理小説がありますが、猫という奴はどこか妖気《ようき》をただよわせていて、それに囲まれての逢引きは感じがよくない。つまり猫が病院の風紀粛正に一役買っているわけでした。

で、必然的に病院内の恋愛は、精神的にならざるを得ないのです。

ぼくも一度ほれられたことがある。

五号室の女でしたが、名をマリ子と言いました。よく肥っていて、背はあまり高くないが、目鼻立ちのパッチリした女でした』

「どうしてほれられたと判ったんだね」

私は質問した。

「君のような男がほれられるなんて、ちょっと信じられないなあ」

「冗談じゃない。ぼくだって、たまにはほれられますよ」

野原君は口をとがらせた。

「部屋部屋の入口に、各自の名札がかけてあるんです。マリ子が暮夜ひそかに、ぼくの名札の字をなぞっていたのをつきそい婦が見て、ぼくに報告して呉れたんです。ぼくも興味を催して、マリ子の顔かたちや服装を確かめました。二、三日後、マリ子らしい女がベンチに腰かけているのを見て、傍《そば》に近づき、いいお天気ですねえ、とあいさつしながら、横に坐《すわ》ったです」

「なかなかうまいじゃないか」

「ええ。すると向うも、ほんとにいい天気ね、野原さん、と答えたから、マリちゃんのおでこが今日は素敵に輝いていると――」

「そう目尻《めじり》を下げるんじゃないよ」

私はたしなめた。

「それで恋愛は成就《じょうじゅ》したのか？」

「いえ。完全には行きませんでした。だんだん進行して、接吻というところまでは行きましたがね。あわやの時に彼女は拒んで、自分は心臓病だから、強い刺戟があると心悸亢進《しんきこう》がおきるという。肥っているのは、心臓障害のためだと判りました」

「それは残念だったね。どこで接吻しようとしたんだい？」

「食器置場の前です。なにしろ猫たちが見ていますから、無理強いも出来ません。それでぼくもあきらめた。つまりマリ子をふったんですな」

何だかむずむずして、私は笑い出した。

「それから？」

「それから彼女は別の若い男に白羽の矢を立てて、れいの如く名札をなぞったんでしょうな、それと仲良くしていたようです」

「すると君の方がふられたんじゃないか」

「そんな見方も成立するかも知れませんね」

野原君はけろりとした表情で、また甘納豆をつまんだ。ずいぶん古風だなあ。私は訊ねた。

「恋愛の意思表示は、名札をなぞるだけかね。」

「いや。それだけじゃありません。ベンチに偶然坐って話し合い、自然と情愛が湧《わ》きおこることもあるし、それから付文《つけぶみ》なども——」

「付文？　直接手渡すのか？」

「直接のもありますが、食器箱に入れたりして——」

『病院の食器というのはアルミの膳で、それにアルミの蓋《ふた》がしてあるのです。つまり箱の形になっている。その中に付文を入れるんですな。

ある日、面白い事件がおきました。ヘチマ爺さんが付文されたんです。さすがのヘチマ老もおどろいた様子で、ぼくに相談を持ちかけて来た。

その夜の消燈後どこそこのベンチで待っているから来て下さい、お待ち申しておりますわ、と書いてあったそうで、差出人の名は古里ミドリとなっている。古里ミドリとは何者か。ヘチマ老はその女の身元調査、とは大げさですが、年頃や顔かたちや病名を調べて来いと、ぼくに命じました。

あんまりやりたくない仕事ですが、よんどころなくぼくは飛び歩いて、つきそい婦や看護婦に聞いて廻りました。

するとミドリという女は胃病だと判りました。齢は三十四のオールドミスで、未婚ですから実際よりは若く見える。派手なパジャマを着て、眼鏡をかけている。そんなことを調査して、ヘチマ老に報告しました。老はそれを聞いて、年甲斐《としがい》もなく血を湧き立たせたようです。夕食が済むと、ハサミでちょきちょき鬚の先を切り揃えたり、髪をくしけずったりして、消燈時になるといそいそと廊下に出て行きました。

以下は爺さんの話ですが、指示のベンチにおもむくと、眼鏡をかけた赤いパジャマ姿の女が腰かけている。老は近づいて言いました。

「あんたがミドリさんじゃな」

するると女が不審げに答えた。

「あたしミドリだけど、あんたは誰？」

「誰ということはないじゃろ。あんたから手紙をもらった辺地だよ」

「あら。いやーだ」

とミドリは口を押えて笑ったそうです。

「あんたみたいな爺さんに、手紙書いた覚えはないわよ」

「で、でも――」

老はどもりました。

「わたしの食器箱に、あんたの手紙が入っていたぞ」

「あら」

ミドリは笑いをやめて、眼を大きくしました。

「あたし、辺見さんの箱に入れた筈だけど、どこで間違ったのかしら」

辺見というのは同室の若い男で、ちょいとした好男子でした。辺見と辺地を読み違えて、うっかり老の食器箱に入れたというわけでしょうな。老は憤然としました。憤然とするのも当然でしょう。足音も荒く部屋に戻って来て、付文を確かめると、宛名《あてな》は、恋しい恋しい辺見さま、と書いてあった。ヘチマ老の怒りはめらめらと燃え上りました。

「何という怪しからんことだ」

老はその夜ろくに眠れなかったようです。そして翌朝、検温に来た看護婦に怒鳴りました。

「この病院の風紀は乱れに乱れとる」

「はあ?」

看護婦は事情が判らないものですから、眼をぱちくりさせました。

「この不潔な手紙を見なさい。わたしの食器箱に間違って入っていた」

老は付文を看護婦に渡しました。

「何なら院長を呼んで、このざまを知らせてやる。わしは院長に顔がきくんだぞ」

「そ、それはちょっと待って下さい」

看護婦は手紙を受取って、あわてて部屋を出て行きました。そしてそれを婦長に報告したのです。

結果はもうお判りでしょう。

古里ミドリは婦長室に呼び出され、こっぴどく叱責《しっせき》されたのです。ミドリとしては、口惜《くや》しくて口惜しくてしようがない。

その経緯《いきさつ》を辺見に知らせた。手紙を書き、今度は間違いなく辺見の食器箱に入れて呼び出し、報告に及んだんでしょう。それで腹を立てたのが辺見です。辺見の怒りもよく判ります。

大部屋の中で、盛大なる口喧嘩《くちげんか》が始まりました。喧嘩をふっかけたのは、もちろん辺見の方からです。

「他人の恋路を邪魔するなんて、何という卑劣《ひれつ》な爺か」

というのが辺見の言い分で、

「恋路は病気がなおってやったらいい。病院の中では禁じられている」

というのがヘチマ老の言い分です。すると辺見は、

「病院内の精神的恋愛は、純粋であり、いわばレクリエイションみたいなものだ」

「そんなレクリエイションは、わしは認めない。乳繰リエイションと言うべきだ」

「では聞くが、何故爺さんは付文に誘われて、消燈後にとことことベンチへ行ったか」

「どんな淫《みだ》らな女か、この眼で確かめてやろうと思ったんだ」

「しかし古里ミドリの話によると、にたにた笑いながら話しかけたそうじゃないか」

「にたにた笑いなどはしない。憫《あわ》れみの微笑を浮べただけだ」

「とにかく患者同士で話し合って解決出来るものを、病院側に報告するのは怪しからん。一種のスパイ行為だ」

てな具合に両者は言いつのる。同室八名の中の大半が辺見の方に味方して、

「同感」

とか、

「そうだ。そうだ」

とかけ声をかける。まあヘチマ老は意地悪でオセッカイの方ですから、皆から憎まれている傾向があるのです。

「そういう心根だから、いつまでも貧乏たらしく、大部屋の古狸《ふるだぬき》でいるんだ」

「なに。貧乏だと？」

ヘチマ老は怒鳴りました。

「おれは貧乏じゃないぞ。身をやつして大部屋住まいをしているんだぞ。ああ、不愉快

だ。おれは特別室に引っ越す」

　そして看護婦を呼んで、

「わしは特別室に移りたいから、院長にそう伝えて手続きをせよ」

と命令しました。形勢利あらずと見たんでしょう。それに自分の実力を示したかった
に違いありません』

「で、特別室の引っ越しは、許可されたのかい？」
「ええ。そうなんですよ。かんたんに引っ越してしまいました」
「へえ。するとヘチマ老は金持なんだね」
「ええ。ヘチマ老自身は金持じゃないのです。ヘチマ老のお父さんが富豪で、これは古
くからいるつきそい婦から聞いた話ですが――」
『そのお父さん、もう死んでしまったんですが、この病院の院長の才能を認めて学資を
出してやり、医者に仕立てたんだそうです。そしてこの病院を建てるについても、相当
な経済的援助をしたらしい。
　お父さんが死ぬ時、院長を枕もとに呼びよせて、自分の子供たちのためとあらば必ず
ベッドを提供せよと、遺言したということです。だからヘチマ老は、病気であるとない
にかかわらず、特別室を占拠する権利があるんですが、案外老も気が弱いんですねえ。

大部屋で我慢しているわけです。

「でもこれは、秘密ですよ。他人に洩《も》らしちゃいけませんよ」

と、そのつきそい婦は、くれぐれも念を押しました。

ヘチマ老が特別室に引っ越すと、とたんに周囲のつめたい眼がぼくに向けられました。それはそうでしょう。ぼくは御馳走を食っているし、毎回老人に卵焼きやチーズなどを提供していたのですから、ヘチマ派と思われても仕方がありません。

ヘチマ老は同室患者のことを「反省帳」にノオトしていて、それが無言の睨《にら》みになっていたんですが、ぼくには何も彼等を圧迫する材料がない。老の日頃のいやがらせが、逆にぼくにはね返って来た。

僕は三日間ほど辛抱しましたが、ついに耐えかねて、特別室におもむきました。さすが特別室だけあって、豪華なものです。次の間つきで、ベッドもゆったりしているし、来客用のソファなどが用意してある。窓もひろびろしていて、鳩《はと》がそこらにとまって、クウクウと啼《な》いていました。

部屋は豪華ですが、ヘチマ老は何かしょぼんとして、ベッドの上にあぐらをかいていました。ぼくの顔を見るなり言いました。

「侘《わび》しいねえ」

「何が侘しいんですか。こんな立派な部屋を一人占めにして」

「やっぱり侘しいよ。生き物というと、鳩だけだろう。人間の顔がないと、わしは淋《さび》しくてしようがない」

「それなら大部屋に戻って来たらどうですか?」

そしてぼくがつめたい眼で見られていることを話しました。すると老のしょんぼりした顔は、にわかに生き生きとして来て、

「ふん。そうか。そうか」

と相槌《あいづち》を打ちながら、そろそろとベッドから降り立ち、大部屋に戻るべく身仕度を始めました』

「全くふしぎな患者だねえ。そのヘチマ老人は」

と私は言った。

「病気でなくても、静養のために入院出来るんだろ。それをわざわざベッドから転げ落ちたりしてさ」

「そこがヘチマ老のいいところなんですよ。病気でもないのに入っていたら、院長が困るだろうという思いやりから、わざと落っこちたり、わざと風邪を引いたりして――」

野原君はしみじみとした口調になった。

「食事だって、特別食を要求しないで、平常食で我慢をしている。でもぼくから卵焼き

などをせしめましたがね。ふつうの人に出来ることじゃないですな」

「その思いやりや遠慮が、逆に意地悪やオセッカイとなって出て来るんじゃないか」

「そうかも知れませんね」

野原君は甘納豆に手を伸ばそうとしたが、もう食べ飽きたと見え、そのまま手を引っ込めた。

「根はいい人なんですよ。ぼくがいよいよ明日退院という日に、二人で風呂に入りました。病院の風呂です。そしてぼくは老の背中を流してやりました。老の背中は曲っていて、背骨の穴が一つ一つ突き出ている。何だか自分のオヤジさんの背中を流しているような気分でしたねえ」

「そういうもんかねえ」

「向うでもそんな気持だったらしいです。そこでぼくに忠告して、肝臓をあまり甘やかしてはいけない。時には大酒を飲んで、肝臓をいじめた方がいい。もしそれで悪くなったら、また入院して来なさい、と言って呉れました。だからぼくは、一席の御馳走の他に、お酒をたっぷりつけて欲しいと、そうあなたに申し上げるわけです」

「ずいぶんいい気なことを言ってるなあ」

私は茶を飲みながら、ふたたび長嘆息した。

留守番綺談

「え？　僕が留守番に？」

古木君は西瓜《すいか》を食べる手を休め、びっくりして問い返した。

「そうだよ。今夏の夏休みは、是非君に頼みたいと、この間から思っていたんだ」

薄く禿《は》げかけた古木君の額を、真正面に見詰めながら、私は言った。

「そ、そりゃやらないとは言いませんがね、夏休みというと――」

「まあ四十日というところだ」

「四十日」

赤い果肉を食べ終って、白い果皮の見える西瓜を置き、古木君は長嘆息した。彼の西瓜の食べ方には特徴がある。赤い果肉は食べ残さず、タネもすこししか吐き出さない。三分の二は呑み込んでしまうらしい。だから彼が食べたあとの西瓜は、昼間の月に似てしらじらとしている。物を粗末にしない精神があると私は見た。

「四十日とは、ずいぶん長いですな。その間常時ここに居なければならないんですか？」

「いや、そうじゃない。ちょっとした用事なら、玄関に鍵《かぎ》をかけて出かけてもいいよ。

ただし寝泊りだけはここでやって貰《もら》いたいんだ」

「用事というのはそれだけですか」

「うん。あとは来客とか電話の応対だね。ラジオを聞きたけりゃ聞けばいいし、昼寝したけりゃ昼寝をしてもいいよ」

つき合っている人々に、いろんな型がある。たとえば顔を見ると、猫《ねこ》をかまうようにからかいたくなる型がある。これは老若を問わない。何かいやがらせを言いたくなる型がある。中に用事を頼みたくなる型があって、古木君はこれに属するのである。彼は頭髪は薄くなっているが、齢はまだ四十三、四で、半年ぐらい前からこの男に留守番を頼もうと、私は目星をつけていた。

「米屋、酒屋、魚屋などに電話をかけて、持って来させればいい。費用はもちろんツケにして、あとで僕が払う。君はたしか大酒飲みではなかったね」

「ええ。ちょっと咽喉《のど》を湿す程度」

「それならよろしい」

私はうなずいた。

「その他にお礼として一万円出そう」

古木君はまだ独身のアパート住まいで、何を仕事にしているか知らないが、しょっちゅうぶらぶらしているように見える。明治時代の言葉で言えば『高等遊民』的なところがあるのだ。このせちがらい世に、そんな境遇はめずらしい。

「何もしないで一万円はありがたいですがね、留守番じゃ一度僕は失敗しているんです」

「一度や二度の失敗は誰《だれ》にもあるさ」

古木君に決心をつけさせるために、私は台所の冷蔵庫から、ビールを二、三本持ち出して来た。アルコールで話をきめてしまおうとの魂胆である。古木君はそれを一息に飲み干したので、また注いでやった。私も半分ぐらい飲んだが、胃の中で西瓜の汁とビールがまぜこぜになるようで、気分が出なかった。

「で、その失敗とは、どんな失敗かね?」

「ええ。それがその――」

と、古木君は頭をかいた。

やはり夏休みの前のことです。僕は高等学生で、ドイツ語の先生に呼ばれましてね。どうもその学期はドイツ語の出来がよくなかったので、お目玉を食うんじゃないかと、おずおずして出かけたら、果して第一の理由はそれでした。

案内を乞《こ》うと、先生の奥さんが出て来て、応接間に通され、やがて先生が現われました。いつも学校では詰襟服《つめえりふく》を着て、髭《ひげ》をはやしてこわい先生でしたが、その日は和服です。胸をはだけて、胸毛が見える。肌があかくやけています。顔も少々あかくなっているところを見ると、酒が入っていたのかも知れません。いきなり僕を睥睨《へいげい》して、

「君。一学期のドイツ語の成績、なっとらんじゃないか」

「はあ」

僕は小さくなりました。

「二学期三学期、よっぽど勉強しないと、取返せないぞ。やる気が一体あるのか？」

「そりゃもちろんありますけれども――」

「約束するか？」

「約束します！」

「いやいや、君は故郷に戻ると、海水浴したり遊んでばかりいるに違いない」

先生は憮然《ぶぜん》として髭を撫《な》でました。

「わしは君の行動をこの間からつらつら観察していた。君は誘惑にもろい。強い意志に欠《か》けている」

「そうでもないつもりですが――」

「いや。そうである」

先生は卓をどしんと叩《たた》きました。すると合図のように美しい奥さんが、奥から出て来て、先生にはビールのジョッキを、僕には氷水を運んで来た。生徒というのはつらいも

んですな。先生がビールを飲んでいる間に、氷水で我慢せねばならないとは。でもその氷水はうっすらと甘味がついていて、割にいい味でした。

「君は意志が弱い。人から何か頼まれるとイヤとは言えない。人に用事を頼まれやすい人相、つまり頼まれ顔というやつだ。ドイツ語で言うと――」

何とかリッヒという型に属するそうですが、その言葉はもう忘れました。

「ドイツ人にもそんな人がいますかね」

「いるよ」

先生はジョッキを傾けて、髭を泡《あわ》だらけにしました。それを手の甲で拭《ふ》き、着物になすりつけながら、

「君の一学期のドイ語の点は、二十点だ」

「二十点？」

僕は内心おどろきました。せめて四、五十点は取っていると思っていたのに。平均六十点以上取らなきゃ、落第です。平均六十点以上取るためには、二学期三学期に八十点以上取らねばならぬというわけです。

自ら泣きっ面になったのでしょう。先生は急にやさしい声になって、

「君には語学の才能があるから、秋冬と頑張《がんば》れば、進級だけは出来るじゃろ。あんまり心配するな」

「はあ」

やっと私は愁眉《しゅうび》を開きました。僕らの担任がこの先生なので、百万人の力を得たようなものです。すると先生はまた元の声に戻って、

「それには勉強。勉強が第一だ。故郷に帰って遊んでいるべきところじゃない」

「わしの家に一夏止宿して、ドイツ語の勉強に励みなさい」

「え？　泊りこみですか？」

「そうだ。君の教科書はカータームルだったね。あの本を最後まで読み、文法的に研究し、二学期三学期に具《そな》えなさい。判《わか》らないところは辞書で調べるとすぐに判る」

「僕の辞書は夏休みにそなえて、質屋に入れてしまったんですが――」

「質屋？」

先生はぎろりと僕をにらみつけました。

「辞書を質屋に入れて、この夏休みは一体どうしてドイツ語を勉強するつもりだったのかっ」

僕が返事に困ってうつむいていると、先生は追打ちをかけるように、

「だからわしの家に来なさい。辞書類は書斎にたくさん取りそろえてある」

「しかし先生の邪魔《じゃま》になるでしょう」

「邪魔にはならない。わしたちはこの一夏妻《さい》の故郷に行って、翻訳かたがた静養に努め

来るし――」

るつもりだ。妻の故郷はいいところだぞ。小さな漁村で、泳ぎも出来るし、魚釣りも出来るし――」

僕はがっくりしました。つまり先生は僕をドイツ語の不成績にかこつけて、留守番をさせようと言うんですな。頼まれ顔もいいところです。

「しかし僕の父や母が――」

僕だって早く帰郷して、泳ぎだの登山したい。そこで最後の抵抗をこころみました。

「いや。君のお父さんには、わしが手紙を書いてあげる。心配はするな」

「二十点の件も、親爺《おやじ》に報告なさるつもりですか」

「いや。そこは適当にごまかして上げよう」

先生はにやりと笑い、手を打って奥さんを呼びました。美しい奥さんが出て来て、僕に丁寧《ていねい》にお礼を言いました。

「おかげさまで、ほんとに助かりました。自分の家のように、気楽にふるまって下さいましね」

こうして僕はだまし打ちのように、陥落させられてしまいました。一学期にもっと勉強しとけばよかったと、後悔してももう遅い。

こうして先生から鍵《かぎ》をあずかって、留守番にいそしむことになりました。

しかしよその家に閉じこもって、ドイツ語の勉強をするなんて、何ともうっとうしいことですな。先生が言い置いたものと見え、米屋はちゃんと期日ごとに届けて来るし、魚屋八百屋は御用聞きに来て呉《く》れる。食べるものは事欠かないが、あまり食欲が出ない。暑いですからねえ。ことにこの地方都市は四方を山に囲まれた盆地で、海っ気は更になく、ひどく暑くてむんむんするのです。つまりフライパンで煎《い》られているようなものですな。

「うん。あれは暑いところだ」

聞いている私も相槌《あいづち》を打った。

「夏は暑いかわりに、冬はめっぽう寒い」

そうでしょう。その暑い盛りに勉強しようなんて、どだいムリな話です。そこで僕は先生の言葉通り、昼寝をしたりラジオを聞いたり、先生の書棚《しょだな》から怪しげな挿画のついた本を捜し出して、面白そうな箇所の抄訳をこころみたり、そんなことで時間をつぶしていました。先生が何と言ってやったか知らないが、故郷の父から手紙が来て、「暑い折柄帰郷もせず、ドイツ語の勉学にいそしみおるとは感心の至り。よく先生の命令を聞いて所期の効果を上げられたし」

命令を聞こうにも聞かないにも、先生は新妻同伴で海水浴に出かけているんですからねえ。僕はその手紙を読んでくさりましたよ。

この留守宅にちょいとした異変が起きたのは、夏休みも半分過ぎた頃《ころ》でしょうか。ある夕方、僕は玄関に鍵をかけて、街の銭湯に出かけました。大体僕は長湯の方で、一時間余り入浴して、すがすがしい気分で戻って来ました。玄関の鍵をがちゃがちゃあけて茶の間に入る。思わずあっと声を立てました。チャブ台の前に見知らぬ男が大あぐらをかいて、ビールを飲んでいたのです。

「君は誰だ?」

僕は大声を出しました。すると向うは落着いて、反問しました。

「そういう君こそ誰だ」

「僕は古木と言って、先生から留守番を頼まれたものだ」

「おれは林と言ってな」

彼はゆっくりした口調で答えました。

「先生に頼まれて、君が実直に留守番をしているかどうか、見に来たんだよ」

林というのは僕より三つ四つ年長で、顔色もあまりよくない。服装もふだん着で、お粗末なものでした。腕力も弱そうなので、僕はいくらか安心して、チャブ台に対してあぐらをかきました。すると林は僕にビールを注いで呉れました。私は訊《たず》ねました。

「どうやってこの家に入ったんだね」

「おれも先生から鍵を預かってんだ」

林は悠然《ゆうぜん》と答えました。

「実を言うと、おれは先生の遠縁に当るんだよ。だからよく先生に用を言いつけられるんだ」

「するとこのビールは？」

「冷蔵庫の中に入っていた。このアスパラガスの罐詰《かんづめ》、わりにうまいよ」

「それ、先生のじゃない。僕が買って入れといたんだぞ」

　僕だってビールぐらいは飲みたいですから、買って来ておいたのです。それをむざむざと見知らぬ男に飲まれては、たまったもんではありません。すると林はすこしも動ぜず、

「そうか。君のか。そりゃ悪かったな」

　立上って、

「では酒屋に電話して、取寄せよう。なになに、任せとけ。代は先生につけとけばいい」

　ビール一打に清酒一本、それから各種罐詰を注文して、ビールはごしごしと冷蔵庫に詰め込みました。戦前のことですから、電気冷蔵庫でなく、頑丈《がんじょう》な氷冷蔵庫です。清酒を持ってチャブ台に戻り、茶碗酒の酒宴を始めました。話し合って見ると案外さっぱりした男で、僕もいい気持になり、

「今日は泊って行けよ」

と言ったら、

「そう願おうか」

というわけで、茶の間に二人枕《まくら》を並べて寝ました。そして林が言いました。

「おれが泊ったということ、先生に知らせない方がいいよ。あいつ、豪放磊落《ごうほうらいらく》をよそおっているが、案外神経質なところがあるからな」

「そうかい。じゃおやすみ」

むし暑い夜でしたが、なにぶん酔っているものですから、二人とも大いびきでぐうぐう眠ってしまいました。

朝宿酔《ふつかよい》気分で十一時頃眼をさますと、林の姿はもう見えませんでした。枕もとに紙片があり、

「とても楽しい一夜だった。その中またお訪ねする。林生」

と書いてありました。

それから三日後のことです。私は退屈して映画でも見る気になり、鍵をかけて出かけました。何とか言うドイツのオペレッタ映画でしたが、当時の僕の学力では理解出来ません。もっぱら日本語の焼付にたよって観賞、八時頃家に戻って参りました。玄関の鍵をあけ、さっきから便意を催していたので、早速入ろうとすると、内側から鍵がかかっ

ている。扉《とびら》をコツコツとたたくと、内からエヘンと応答がありました。

「おれだよ。林だよ」

「ああ、林君か。いつ来たんだね？」

「今来たばかりだ」

　私は茶の間に戻って、やがて林と交替して、便所に入りました。ある疑問が僕をとらえていたのです。

（確か玄関を入る時、土間に履物は何もなかった。あいつ、どこから入っただろう？）

　手を洗って茶の間に出て来ると、もう林は勝手に冷蔵庫からビールや罐詰を出して、チャブ台に並べているところでした。僕は質問しました。

「君は一体どこに靴《くつ》を置いたんだね」

「そ、そこだよ」

　林はすこしあわてて庭先をさしました。

「暑いからねえ。戸をあけて置いたんだ」

「戸をあけるって、君は玄関から入ったんだろ」

「そうだよ」

「じゃ靴のまま上って、庭の戸をあけたのかい？」

「冗、冗談言うなよ」

林はビールの栓《せん》を抜きました。

「戸をあけてから、靴を庭の方に廻《まわ》したんだ」

「ふうん」

僕は何か割り切れないまま、コップを飲み干しました。

「君は玄関から入り、また玄関の錠《じょう》をおろしたのか。どうせ僕が戻って来ることは知ってるくせに」

「あははは」

林は可笑《おか》しそうに笑いました。

「留守番の第一課は、用心ということだよ。用心に用心を重ねても足りない。つまりおれは便所に入るに当って、その間に空巣が入ったら大変だからねえ、玄関に鍵を掛けといたんだ」

「なるほど、留守番の第一課は用心か」

僕はほとほと感心して、林にビールを注いでやりました。林という奴《やつ》はやせっぽちの癖に酒豪で、僕の酒量はせいぜい三本程度だけれど、彼は五本や六本は平気です。しきりに飲み干しながら、隣の部屋を指して、

「あの部屋にコケシがたくさん並んでいるが、あれは先生の趣味かね？」

「いや、奥さんが趣味で集めているらしい。ずいぶん各地方のものが集められているぞ

うだよ」

「ふん。奥方の趣味なのか」

「何だ。君は遠縁の者のくせに、奥さんの趣味も知らないのか？」

「いや。おれは先生の方の遠縁でね。貴美子さんとは関係がない。だからコケシの趣味のことは知らないんだ」

趣味談義から世間話になり、それから身の上話になりました。身の上をもっぱら語ったのは僕の方で、彼は僕に同情して、

「ドイツ語の不出来を理由にして、君を自宅に監禁するなんて、とんでもない野郎、いや、先生だなあ。同情するよ」

「しかしどうして僕に留守番を頼んで、遠縁の君に頼まなかったのかな」

「あいつ、おれが大酒飲みだということを知ってんだ。だからうぶな君に頼んだに違いない」

それから林は涙っぽくなり、泣き声で愚痴《ぐち》をこぼしたりし始めたので、僕は無理矢理に彼を寝かしつけました。泣上戸というんでしょうな。翌朝眼がさめると、彼はもう出て行ったらしく、姿は見えませんでした。

「朝飯も食わず、鼠《ねずみ》みたいな妙な男だな」

戸をあけ放ちながら、僕は呟《つぶや》きました。

「でも悪い人間じゃないらしい。あの眼を見れば判る」

夏休みも終り近くになり、先生からハガキが来ました。留守番御苦労ということ、八月三十日に戻るから留守宅をきれいに掃除して置くように、というカンタンな文面です。勉強がはかどったかなどとは、一行も書いてありません。つまり僕の勉強なんか、どうでもよかったのでしょう。

先生帰宅の前々日の夜、また林がやって来ました。れいの如《ごと》くちょっと僕が留守した隙《すき》に忍《しの》び込み、茶の間でビールを飲んでいました。

「今晩は」

僕は思わずあいさつをしました。どちらが主人でどちらが客なのか、あまり林が悠然としているので、ついこちらがお客のような感じになってしまう。

「やあ。古木君か。まず一杯飲み給え」

僕はとりあえずぐっとあおり、ポケットから先生のハガキを出して、林に見せてやりました。林は眉《まゆ》をひそめてそれを読みました。

「明後日か」

「うん。そうなんだ。それについて君に頼みがあるんだが、明日掃除をやるから、手伝って呉れないか」

「うん。掃除をね」

林は首をかしげていましたが、やがて、

「やくざにも一宿一飯の義理というものがある。よろしい。手伝おう。そのかわり今夜はじゃんじゃん飲むぞ」

「手伝って呉れるか。それはありがたい」

で、その夜はビールと罐詰の総揚げで、林も酔っぱらい僕も酔っぱらい、共に寮歌をうたったりして、翌朝眼をさましたのは、十二時頃です。林はすでに起きて朝食をつくって、僕を揺り起しました。

「おい。もう昼だよ。早く起きろ」

林のつくった飯はよくたけていて、味噌汁《みそしる》もうまかった。僕がつくるのより、はるかに上々の出来です。ほめると林はてれて、

「おれ、案外炊事はうまいんだ。器用に生れついたんだね」

飯がすむと、食器と昨夜の残骸《ざんがい》を片付けました。林は箒《ほうき》を出して、せっせと茶の間や他の部屋をはき、書棚の整理やほこり取りなどをやりました。僕は台所の掃除と庭の草むしり。主として外廻りの清掃をやりました。隣家との竹垣《たけがき》に、しなびたような朝顔が三つ四つ咲いていたのを、今でもありありと思い出します。

午後五時頃掃除がすんで手を洗い、夕食でも食おうとさそったら、林は手を振って、

「いや。今日は家に帰ろう。すこし疲れたから」

そして玄関から出て行きました。その後姿はへんに淋《さび》しくわびしそうでした。きっと不幸な男だと僕は思いましたな。

予定の如く先生夫妻は、三十日に帰って来ました。よく掃除されているので、先生は満足げに家の中を見廻し、書斎に入りました。夫婦ともすっかり日焼けして、まっくろです。思うさま泳いだり、魚釣りをしたに違いありません。

「よく勉強が出来たかね」

「はあ。どうにか。一所懸命にやりました」

奥さんがつめたい紅茶を運んで来ました。

「林君という人が時々訪ねて来て、泊ったりしましたよ」

「林?」

先生の眉が動きました。

「林って誰だい?」

「何でも先生の遠縁にあたるんだと言っていましたが――」

そして僕は林の風貌《ふうぼう》などを説明しましたが、先生には心当りはないようです。奥さんをかえりみて、

「貴美子。お前に心当りあるか?」

「いいえ」

　夫人も眉をひそめました。

「一体誰でしょう」

「そんな為体《えたい》の知れない男を、どうして泊めたりしたんだ？」

「酔っぱらって、動けなくなったからです」

「酔っぱらった？　酒を買ったのか？」

「いいえ。林が酒屋に電話をかけて取寄せて、先生のツケにしろと――」

「おれのツケだと？」

　先生は怒ったと見え、顔が一段と赤黒くなりました。

「そんな為体の知れない男に、御馳走《ごちそう》したり寝泊りさせたりして、全く怪《け》しからん。何か持って行かれはしないか。貴美子も調べなさい」

　それで書斎や茶の間などを調べると、別になくなったものはないようです。夫人が納戸《なんど》から声を上げました。

「あら、コケシが一つなくなっているわ。秋田から送ってもらったあの小さなの」

「コケシ？」

　先生は怒鳴りました。

「コケシの一つや二つ、どうでもよろしい」

　先生が次に発見したのは、茶の間の隅《すみ》の半畳です。上に乗るとぶかぶかとする。これはおかしいと畳を上げて見ると、床板がその分だけ切り取られ、二三枚外されていました。なにぶん戦前の借家ですから、造りが雑で床下が高く、自由にもぐり込めるのです。

「奴、ここから出入りしてたんだな」

「玄関の鍵を先生から預かっていると申しておりましたが——」

そう言えば林の出入りぶりは変だった。いつの間にかチャブ台に坐っていたり、便所に入っていたり、鼠みたいな男だと思っていました。留守番は用心が第一だと、逆に説法されたりして、僕もいい面の皮です。しかし一体彼はどうしてそんな細工までして、この家に入りたかったのでしょう。

先生は僕を書斎に呼んで、こんこんと訓示をしました。

「幸い被害は僅少に済んだが、君は用心の義務を怠《おこた》った」

「はあ」

「君に手当を出そうと思っていたが、変な男を引き入れたりビール類の大量をわしのツケにしたり、もう手当はやらんことにする」

「はあ」

ひどいことになったもんだと、僕は忌々しく頭を下げました。

「でも長いこと御苦労だった。飯でも食べて行きたまえ」

「いや。結構です」

僕は自分の荷物をとりまとめ、学校の寮に戻りました。運動場はむんむんと草が茂り、寮生のほとんどが戻って来ていました。皆くろぐろと日焼けしているのに、僕は元のままで、

「よっぽど根を詰めて勉強したんだな」

と皆にからかわれ、たいへん面白くない気持でしたな。

一週間ほど後、寮の僕宛《あ》てに林から手紙が来ました。封を開いて見ると、

「夏休みはいろいろお世話になった。事情はもう判ったことと思う。おれはアキスを働くつもりで床板を切り取ったが、君が外出をあまりしないので、困ってとうとう居直る気で押し入った。実のところあの家のものを洗いざらい持ち出すつもりだったが、君とビールを飲んでいる中に情がうつり、ほとんど何も持ち出せなかった。君の責任になると思うと、出来なかったんだね。君は実にいい性質の人間だ。その好さをうしなわず、世の中を渡ってほしい。おれみたいなやくざな男にはなるなよ。ではさようなら。林生」

この手紙を読んだ時、僕は舌打ちしたいような、哀《かな》しいような気持になり、ばりばりと破って屑籠《くずかご》の中に捨てました。え？　成績の方ですか？　二学期三学期とあまり試験が出来なかったのに、ドイツ語は及第点を取り、無事進級が出来ました。やはり先生が甘い点をつけて呉れたのでしょう。

それから何年か経ち、戦況はますます苛烈《かれつ》となり、国民兵の僕も召集されました。国民兵を召集するぐらいだから、戦況ことごとく非で、僕らはそれでも海兵団で三カ月の訓練を経て、実施部隊に編入されました。実施部隊と言っても、軍艦でなく、陸上部隊です。実施部隊の訓練もなかなか楽ではありませんでした。

ある日のこと僕が便所に行くと、そこから出て来た下士官がある。敬礼しながらふと顔を見ると、まさしくあの林でした。僕はびっくりして、通り過ぎて行く林の袖《そで》をつかんで、

「林君。君は林君じゃないか」

と呼び止めると、彼はふり返り、

「何だ。初年兵のくせに、君よばわりをしやがって――」

そう言いかけて、僕の顔を凝視して、

「何だ。お前は古木じゃねえか。教授の家に留守番をしていた――」

「そうだよ。林君」

「よせやい。林君だなんて。実はおれは林姓じゃない。駒田というんだ。以後駒田兵曹と呼べ」

「そうですか。駒田兵曹。久しぶりですねえ。お元気の様子で安心です」

「うん。あの時は迷惑をかけたな。ここでは何だから――」

駒田はあたりを見廻して、

「巡検後、烹炊所《ほうすい》の下士官室に来い。話もあるし、うまいものを御馳走してやるから」

「そうですか。楽しみにしています」

その夜の巡検後、僕は吊床を降り、暗い中を烹炊所に行きました。駒田は私を待っていたらしく、兵に汁粉を持って来させ、僕に勧めました。さすが烹炊所だけあって、兵には配給されない甘味品が山とたくわえられているようです。僕がうまそうに汁粉をするのを見ながら、あの頃の話となり、

「どうだい。先生は怒ってたかい」

「ええ。かんかんになってね、留守番手当がふいになりましたよ」

僕は箸《はし》を置き、

「駒田兵曹は一体どんなつもりで、あの家をねらったんですか?」

「そのことか」

駒田は腕を組み、ちょっと考え込んでいました。あの頃と違って顔もやけ、骨格もたくましくなっていました。

「実を言うとあの教授夫人貴美子は、いわばおれの初恋の女だったのだ。おれが中学生、彼女が女学生でね、愛を誓ったわけじゃないが、おれは早くえらくなって、あいつを嫁《よめ》に迎えることを夢想していた」

「なるほど」

「そしておれは一所懸命に勉強して、あの高等学校に入った。おれが二年の時、おどろいたことには、貴美子があのドイツ語教授のとこに嫁入ったじゃねえか。おれは腹が立つし、恨《うら》めしかったね。将来の設計ががらがらとくずれ落ちるような気がしたね」

「よく判ります」

「一週間ぐらい経って、やっとおれは落着いた。おれの自分勝手な片思いだということが、身にしみて判ったわけだ。でも、おれは貴美子に手紙を書いたね」

「恋文をですか？」

「恋文なんかを書くかよ、このおれが！」

駒田は腕組みを解いて、苦笑いをした。

「おれは率直に書いた。おれの心境をね。そして結婚のお祝いと将来の多福をね。それですっぱりと貴美子のことはあきらめた。するとその手紙をあのヘボ教授が読んだらしいんだね。おれは教授室に呼ばれた」

「それから？」

「高校生徒のくせに、教授夫人にラブレターを出すのは何ごとだ。と言うんだね。いくら弁解しても通らない。第一あれはラブレターじゃない。そう説明しても、てんで教授には通じない。新婚当時なので、頭がかっかっしているんだ。教授会にかけて、退校処分にすると言うのだ。仕方なくおれは頭を下げてあやまったよ。まったく腹が煮《に》えくり返るような気持だったね」

「その気持、よく判ります」

「しかしそれからが問題なんだ。教授会にはかけられなかったが、あの先生の奴、試験の度におれにひどい点をつけやがる。おれが悪かったと思って、懸命に勉強しても、採点はゼロに近いんだ。初めておれは奴の魂胆が判ったね。全くもって卑怯《ひきょう》極まる」

「ふうん」

「そしてその学年、ドイツ語が致命傷で、とうとうおれは落第をした。こんな目に合わせられりゃ、勉強もばからしくなって、やる気がしない。おれは退学届けを出して、学校を飛び出した。お前ならどうする？　じっと辛抱するかい？」

「そんな目に合ったことがないから、はっきり言えないけれど——」

僕は答えました。

「やはり飛び出したでしょうな」

「そうだな」

駒田はうなずきました。

「退学しても、高校中退なんか雇って呉れるところはない。ぶらぶらしている中に、あのヘボ教授が夏休みになると、ずっと留守にするという情報も聞きつけた。だからおれはあいつの家に空巣に入り、あらいざらい家財を持ち出して、物質的打撃を与えてやろうと思い立ったんだ。今思えば、みみっちい浅墓な考え方だったな。あいつをやっつけるには、他の方法を取るべきだった」

「なるほど。そういう事情でしたか」

「で、いよいよ押し入って見ると、君という留守番がいる。おれのことを疑いもしない。お前とビールを飲んでいると、少しばかばかしくなってね。先生の辞書類を持ち出して質入れにしても、いくらにもならないだろうし、あいつはあいつでまた買い込むだろう。うっかり質入れして、それで足がついたら、おれの一生は台なしになる。だから空巣はやめて、ただ君とビールを飲んだだけで済ませた」

「ずいぶん飲みましたね」

「うん。でも最後の掃除の日、納戸からコケシを一本失敬した」

彼は立ち上って、自分の衣嚢《いのう》の中から、何か持って来ました。見ると一本の小さなコケシです。ずいぶん持ち廻ったと見え、コケシの肌《はだ》は艶《つや》をうしない、くろずんでいました。僕が受取ってしげしげ見ると、何だかそのコケシの顔は、貴美子夫人に似かよっているように思えました。僕はしばらくあれこれ眺《なが》めた揚句、さりげない低い声で聞きました。

「あなたはまだ貴美子夫人が忘れられないのですね」

「ああ」

駒田はうめくように言いました。

「あいつは憎い。憎いけれど、忘れられない。おれは今でも、あいつのことを好きなんだ」

僕は黙っていました。しばしの沈黙のあと、駒田は顔をそむけるようにして言いました。

「もう遅いから、お前はもう帰れ」

「古木一水、帰ります」

僕は立ち上って敬礼をしました。駒田は顔をそむけたまま、黙って手を振りました。僕は暗い中を兵舎に戻り、吊床の中で横になりました。何やかや頭に浮んでは消え、いつまでも眠れませんでした。

駒田とその部隊にいたのは、約半箇月ぐらいなものでしょう。ある夜駒田が僕の居住区にやって来て、話があるからと言うので、吊床を降り煙草盆《たばこぼん》へ行きました。駒田は僕に「ほまれ」を一箱呉れ、そしてささやきました。

「二、三日中におれは転勤になるんだ」

「え？　どこへ？」

「大きな声を出すな。実はサイパンだ」

「サイパン？」

米軍の島伝い作戦がもう始まっていた頃です。僕は言いました。

「じゃしばらくの別れですね。またどこで会えるやら——」

「しばらくどころじゃない」

駒田はたしなめました。

「第一生きて還《かえ》れるかどうか、怪《あや》しいもんだ。ま、おれにはまだ死ぬという実感はないが、何だか青春を空費したような気がして、それだけが心残りだ」

そんな話をして別れました。駒田と会ったのは、それが最後です。サイパンが玉砕したのは、それから二箇月後、六月十五日のことでしたかしら。玉砕の報を聞いた夜、僕は吊床の中で駒田のことを考え、涙が出て仕方がありませんでした。駒田はほんとに可哀そうな男でした。

僕は無事に、時には命のあぶないこともありましたが、内地で終戦を迎え、復員することが出来ました。生きて帰れてよかったと思います。しかし生きている価値は何か、今でも僕にはよく判らない。

終戦の翌年の秋、僕は用事があってあの街に行き、あのドイツ語教授の家を訪ねました。家は焼けずに残っていて、故郷から呼び寄せたのでしょう、貴美子夫人は老女と二人で住んでいました。先生の消息を訊ねると、おどろいたことには、先生は死んだと言うのです。なんでも学校が爆撃され、宿直にあった先生は火叩きで防火の途中校舎が傾き、落ちて来た煉瓦《れんが》が頭に当った。夫人の名を呼びながら、応急処置所で死んで行ったそうです。

「お墓でもお詣《まい》り願えませんかしら」

僕は夫人に連れられて、墓地に行きました。墓地は小高い丘の中腹にあり、木の墓標が立っていて、先生の名が書いてありました。

「早く墓石を立てたいと思うんですけれど」

と夫人は僕に言いました。

「まだ物資不足で、当分の間は望みがありませんですわ」

僕は墓標にぬかずき、ただ「さようなら」と一言となえました。もう死んでしまった人に、何の言葉がありましょう。墓地には秋風が吹き、荻《おぎ》やススキやワレモコウが、手入れもされず茂りに茂っていました。

帰途、僕は夫人と並んで歩きながら、

「いろいろ御苦労なさいましたね」

実はサイパンで死んだ駒田のことを、おそらくはコケシを抱きしめて玉砕した駒田のことを話そうと思っていたのです。

「再婚の意志はおありなのですか？」

「いいえ。まだ」

日傘《ひがさ》をくるくる廻しながら、夫人は婉然《えんぜん》と笑って答えました。

「まだその機会もありませんし、母にすべてを任していますから――」

そのにこやかな笑顔を見て、僕にむらむらと憎しみの情が胸にあふれて来ました。女とはこういうものか。駅近くで別れるまで、僕は駒田のことは口に出さなかった。今考えても、口にせずによかったと思っています。貴美子夫人にも、それ以後一度も会いません。よき人でも見つけて、再婚したでしょう。

「ふうん。話はそれだけかね？」

ビールを飲みながら私は言った。古木君もコップを傾けながら答えた。

「ええ。それだけです。思うに人生とは、空しいものですな。運命のままに人は生き、苦しみ、それで死んで行く。それだけのもののような気がしてなりません。あなたはそうは思いませんか？」

満員列車

国許の親爺《おやじ》ももう六十になります。先だってその親爺から手紙が来ましてね、お前はおれが二十五の時生れたのだから、もう三十五歳になった筈《はず》だ。三十五にもなって結婚しないのは、何か訳でもあるのか、と言って来たんですよ。六十の坂を越して、孫の顔でも見たくなったんでしょう。そこで僕は返事を出してやりました。特別に訳と言うものはないけれど、ついそのチャンスがなかったし、それに日本人の平均寿命は大幅に伸びたから、三十五なんてまだまだ駆出時代で、そうそうあわてる必要はないってね。何を呑気《のんき》なことを言っておるかと、次の手紙で親爺は怒って来たですな。画描きと言うのは呑気な商売だと承知はしていたが、結婚ということは一生の重大事だ。そんなに呑気にかまえていちゃ困る。それにチャンスと言うのは、座して待つものではなく、自分で進んでつかむべきものだ。一度国許に戻って来い。

何のために戻るのかとまたハガキを出したら、帰郷して見合いをせよとの返事で、しかも帰りの旅費が同封してありました。旅費を送らないと、貧乏を口実にして戻って来ないと思ったのでしょう。何でもその手紙によると、その見合いの相手と言うのは、隣村に住んでいる二十五歳の娘で、なかなか別品だとのことです。もっともうちの親爺の審美眼は、画家の僕の眼から見て、あまりあてになりませんけれどね。その娘の父親と言うのが、僕の親爺の碁仇《ごがたき》で、それでそんな話になったらしいのです。うちの親爺は大の碁好きで、免状は持っていませんけれど、素人三段の実力はあると威張っているくらいです。

で、僕は腕を組んで考えました。そりゃ僕だって結婚したくないわけじゃない。でも、どうせ結婚するのなら、古くさい見合い結婚じゃなく、はなばなしい恋愛結婚と行きたいですねえ。と言って、東京で恋愛結婚するから、帰るのはイヤだと言ってやったら、旅費まで送った手前、親爺はかんかんになるにきまっています。え？　帰って見合いだけして、気が進まないから断ればいいだろうって？　そう、それが出来ればねえ。僕は気が弱いし、それに僕の田舎は、見合いと言えば即《すなわ》ち結婚で、断るなんてことは特別の事情がなければ出来ないことなのです。保守的にして封建的な国柄と言うべきでしょうねえ。あれやこれやと考えて、僕の心は千々に乱れた。

五日ほど考え込んでいたら、今度は電報が来ました。ナゼカエラヌ。リョヒオクッタデハナイカ。チチ。もうこうなったら帰らないわけには行きません。相当に怒っているらしい。ええ、ままよと、荷造りを始めた。荷造りと言う大げさなものじゃないですが、八年ぶりの帰郷だからそれぞれの土産《みやげ》ものも必要だし、それから久しぶりの故郷の春色でも描いて来ようと思ったので、画布やその他の荷物がかさばって、スーツケース二つにぎっしり。それをエッサエッサとぶら下げて駅にかけつけた。駅は相当に混んでいました。

切符を買うと言う段になって、ちょっと考えました。こんなに混んでては、三等は坐《すわ》れないかも知れない。ひとつ二等と行ってやるか。この間の個展で画が四つも売れたので、小づかいはまだ潤沢《じゅんたく》にあるし、親爺から送って来た旅費もある。おや、おかしいぞと、その時僕は気がつきました。あのケチな親爺がわざわざ旅費を送って来たのは、もちろん無理矢理に僕を呼び寄せる手段でもあろうが、その見合い結婚を僕に押しつけようとの魂胆じゃあるまいか。旅費まで出してやったのに、承諾しないとは何事だと、僕に押しつけるつもりじゃないだろうか。その疑念がふと私の胸につき上げて来て、僕は反射的に二等売場の前に立ち、青切符と準急行券を買い求めました。二等切符ならば、まるまる親爺におぶさるわけではないから、僕も堂々と拒否権を発動出来るわけですからねえ。証拠物件として親爺に示すべく、一駅先の切符を買ったのは、我ながら抜け目のないやり方でした。

時計を見ると、まだ準急が出るのに間があるので、駅の二階の食堂でトンカツを肴《さかな》にビール二本を飲み、十五分前に改札口を通ってプラットホームに行きますと、もう汽車は来ていました。満員の三等車を横眼でにらみながら探して歩くと、二等車は最後尾についていて、それに乗り込んで驚きましたな。

「ありゃあっ！」

食堂で時間をつぶし過ぎたと見え、二等車も座席は満員で、立っている客も六、七人いたくらいです。

「しまったなあ。ビール一本でやめときゃよかった！」

立って行くのなら三等で充分で、二等切符なんかムダみたいなもんです。なおも未練がましく視線をうろうろさせていると、まるで奇跡の如《ごと》くに、一台の三等車が二等の後尾にカチャンと接続して、プラットホームの拡声器が、

「……行準急列車の最後尾に三等車一台が増結となりました」

と放送しました。それっとばかり、スーツケースを引きずるようにして、僕はそちらにすっ飛んだ。あちこちの車輛《しゃりょう》から立ちん坊が飛び出して、わやわやとかけて来ます。そのわやわやに混って、僕はやっと座席を一つ確保、荷物を網棚《あみだな》に上げてホッと溜息《ためいき》、額の汗を拭《ぬぐ》いました。二等切符で三等に乗るなんて、ちょいと忌々《いまいま》しい話ですが、二等には座席がないんだから、背に腹はかえられません。

「いてて！」

僕は悲鳴を上げました。僕よりちょっと遅れて、僕の前の席にかけ込んで来た五十五、六の男が、自分の荷物をエイとばかり網棚に上げようとしたとたんに、膝《ひざ》で僕の向う脛《ずね》を蹴《け》るようにしたからです。膝が僕の向う脛に当るくらいだから、そいつは背も小さく、

ゴマ塩頭の何だか貧相な感じの男でした。

「おっさん。何で僕の足を蹴飛ばすんだい。痛いじゃないか」

「おっさん？」

男は眼をぱちくりさせて、それから見る見る不快そうな表情となりました。見ず知らずの僕からおっさん呼ばわりをされて、面白くなかったのでしょう。

「これぐらい混んでりゃ、少しぐらい足だってぶっつかる。お互いさまだよ。それに、この荷物――」

網棚の僕のスーツケースを顎《あご》でしゃくりました。

「君の荷物か？」

「そうだよ」

僕も仏頂面になって答えました。

「こんな載せ方をすると、あとの人のが載せられないじゃないか。縦にするんだ、縦に！」

「縦にしたけりゃ、自分ですればいいじゃないですか」

足を蹴られた上につけつけと言われちゃ、僕の言葉だって少しは荒くなります。

「いちいち、おっさんの指図は受けん！」

「なに？」

男はまた気色ばんだけれども、若造と喧嘩《けんか》したって仕方がないと思ったのでしょう。忌々しげに荷物を下に置き、座席によじ登って、網棚の僕のスーツケースを縦に整頓《せいとん》して、改めて自分の荷物をその横に載せました。それから帽子を自分の座席に置き、人混みをかき分けるようにして、車外に姿を消しました。どこに行ったんだろうと思っていると、五分ぐらい経って、駅弁とお茶を守るようにぶら下げて、

「ごめん。ごめんよ」

身をよじるようにして戻って来ました。もう車内は一ぱいで、立錐《りっすい》の余地もないような状態で、男に向ってチェッと露骨に舌打ちをした青年もいました。こう満員だと、立っている奴《やつ》はどうしても坐っている奴を、憎んだり羨んだりする傾向が強く出るようです。僕だってお尻《しり》のあたりがむずむずして、居心地が悪いような気がするのですが、でも僕は二等切符なのですからねえ。坐らないことには引き合わない。

こうして満員の準急は、がたんと発車しました。考えてみるとこんなに混んでいるのは、今日は土曜日のせいなのでした。

満員列車の旅行なんて、うっとうしいものですねえ。皆が坐っていれば、あたりもひろびろとして、景色を眺《なが》める余裕もあろうと言うものですが、こうぎっしり横に立っていると、何だか気分的に圧迫されるようで、落着かない。

前のゴマ塩頭は茶を一杯飲み、ごそごそと駅弁を開き始めましたが、急にいらいらした早口になって、

「おい。ここに掛けちゃ困るじゃないか」

と、肱《ひじ》で青年の尻をつきました。青年と言うのはさっき舌打ちをした青年で、そいつの尻がゴマ塩頭の横の腕木にのっているのです。

「窮屈で弁当が食べられないじゃないか」

「ムチャ言うなよ。おっさん」

青年はあきれたような声を立てました。

「ケチケチするなよ。おれだってちゃんと切符を持ってるんだぜ」

「だって肱がつかえて、弁当が食べにくいじゃないか。尻、引っ込めて呉《く》れ」

「引っ込めろったって、引っ込むもんか。ほら、こんなに立て込んでんだぞ」

青年は尻を左右にちょっと動かして見せました。なるほどぎっしり押されて身動き出来ない風です。青年は背丈が五尺八寸くらいあって、皮のジャンパーなどを着込み、なかなか逞《たくま》しそうに見えました。

「それにようｈ、こんな満員列車の中で弁当を食べるなんて、おっさん、少々ぜいたくだぜ。立っている身にもなってみろ」

「おっさんはよせ！」

　ゴマ塩頭はじろりと僕をにらみました。僕がおっさん呼ばわりをしたから、青年の口調にも伝染したと思ったらしい。もっとも青年の顔はそっぽを向いているから、代用として僕をにらんだのかも知れません。

「君みたいな男から、おっさんと呼ばれる義理合いはない」

「じゃ兄ちゃんとでも呼べと言うのか。まさか」

　青年は苦笑いと共に言いました。

「立っている人たちだって、ちゃんと切符を買って乗っているんだよ。坐っているからって、あんまり威張るなよ。尻ぐらいのっけさせろ」

「そりゃ早く来ないから、立つ羽目になるんだ。坐りたけりゃ早く来ればいいんだ。わたしみたいにな」

　そしてゴマ塩頭はふたたび邪険に、青年の尻を肱で突きました。でも非力なので、青年の体は微動だにしませんでした。

「おっさん。あんまり尻をつつくなよ。きつつきじゃあるまいし。少し横暴だぞ！」

「そうだ。そうだ」

と、近所から口がかかった。青年の仲間なのかも知れません。世論の不利をさとったのか、ゴマ塩頭は急にしゅんとなり、つつくのを中止しました。そして窮屈な姿勢のまま、眼をしばしばさせながら、弁当を開き始めました。

自分と関係のない他人同士のいさかいを見るのは、実にたのしいことですねえ。思わずにやにや笑いが頰《ほお》に浮んで来たのですが、ゴマ塩頭がまたじろりと僕の顔を見たので、僕はあわてて視線を窓外に向け、笑いを引っ込めました。言い負かされて屈服したゴマ塩頭に若干の同情もあるが、何しろ先ほど向う脛を蹴られた恨みが残っているので、むしろその方にウエイトがかかっているので、気分がほぐれてにやにや笑いが出たのでしょう。思うにこのゴマ塩男は家の中ではワンマンで、強情で、友人や親類の間でもワカラズヤで通っているのでしょう。こういうタイプの中老男は、親類の中に一人ぐらいはいるものですねえ。

それでゴマ塩男は、肩をせばめるようにして、弁当を食べ始めました。その食べ方がちょっと変っていました。その弁当は御飯の折とオカズの折が別々になっているやつで、初め彼は御飯の折をあけ、せっせと食べ始めました。ゴマのかかった御飯だけをです。それも旨《うま》そうにではなく、ぼそぼそとまずそうに。きっとさっきの屈服が食欲を減退させたのでしょう。

宴会なんかでは、サカナだのオカズだのが先にずらずらと出て、最後に御飯で仕上げるのが普通ですが、この男のやり方は変っているなあ、と僕はひそかに観察していました。折の御飯を全部食べ終ると、今度は蓋《ふた》に付着した飯粒《めしつぶ》を丹念に一粒ずつ。塩気もないのに、よく御飯ばかりが食べられるものですねえ。

それが終ると空の折を座席の下に置き、今度はオカズの方に取りかかりました。先ず魚のフライからカマボコ、卵焼き、タケノコ甘煮《あまに》、キャラブキ、と順々に口に運びました。汽車弁のオカズなどと言うものは、腐敗防止の関係上甘辛く味つけしてあるものですから、ゴマ塩男もしきりと咽喉《のど》がかわくらしく、合の手のようにお茶を注いでは飲んでいました。そんなに甘辛いなら、どうして御飯といっしょに食べないんでしょう。オカズをあらかた食い尽し、あとはタクアンと紅ショウガだけとなった時、ゴマ塩男ははたと箸《はし》の動きをやめ、つっかかるような声で言いました。

「おい。一体君はどういうつもりで、わたしの弁当ばかりを見ているんだい。そんなにしげしげと見られちゃ、味も何もなくなってしまうじゃないか」

あんまり不思議な食べ方だもんで、僕の双眼はおのずから好奇の光を放ち、食い入るように眺めていたらしいです。

「君はそんなに腹をへらしているのか。食べたきゃ、自分で買えばいいじゃないか」

「いや。なに」

虚をつかれて、僕は少々へどもどしました。

「腹なんかへっちゃいない。さっきトンカツを食べたばかりですよ」

「では何故《なぜ》にらむ?」

「おっさんの食い方が変っているからだよ」

正直に述べる以外に手はないと思ったので、僕は率直に言いました。欠食人間に間違えられてはたまりません。

「おっさんはいつもそんな食い方をするんですか？」

「変ってなんかいないよ。わたしはいつも箸で食べる。手づかみでなんか食わない」

「形式のことじゃない。コースの問題ですよ」

そして僕は折の隅《すみ》のタクアンを指差しました。

「早いとこそれも食べてしまいなさい。そこだけが残っているが、気になって仕様がないよ」

「食べようと食べまいと、おれの勝手だ。他人の干渉は受けん。コースとは何だい、コースとは？」

「コースはコースです。弁当なんてものは、御飯とオカズを交互に食ってこそ、味があるものだよ。それを御飯は御飯だけ――」

「そりゃわたしだって、御飯とオカズを交互に食いたい」

ゴマ塩男は灼けつくような眼で僕をにらみました。

「しかしこんなちぢこまった膝の上で、折が二つも並べられるかっ！」

ははあ、と僕は内心了承しました。青年の尻に押されてちぢこまざるを得なくなった鬱憤ばらし、あるいはレジスタンスとして、ゴマ塩男はあんな食べ方をしたのです。まるでだだをこねている子供みたいなものですな。本来ならその鬱憤は青年に向けられるべきなのに、青年の背中が壁みたいに頑丈《がんじょう》なものですから、傍観していた私に向って来たものらしい。相手の心情は判るが、ここで負けてはいられない。

「並べられないなら、上にしたり下にしたりして食べりゃいいでしょう」

青年が顔をうしろに廻して、僕らの議論をにやにやして聞いています。今度は他人の喧嘩だから、いい気分になっているらしい。

「密室で独《ひと》りで食べてんじゃなくて、衆人環視の中で食べてんだからね、見ている人の気持も考えて、折り目正しく食って貰いたいよ」

「見なきゃいいじゃないか」

「見えるから仕様がないじゃないか。それに僕は画家だから、コンポジションが気にかかる。早いとこそのタクアンの片をつけて呉れよ」

などと、それこそ衆人環視の中で、かんかんがくがくの言い合いを続けていると、レールがカーブにさしかかって、ぎゅっと車体が傾いたのですな。網棚の僕のスーツケースの一つががたんと内側に傾いて、青年の肩に落下、続いてはね返って、ゴマ塩頭にゴツンと言う音を立ててぶっつかった。さあ大変です。ゴマ塩男は頭をかかえてうずくまるし、青年は青年で肩を痛そうに押えながら、

「一体誰のだ。どいつのトランクだ」

とわめき立てるし、車輛の一角につむじ風みたいな騒ぎがおこりました。誰《だれ》のだ、誰んだとわめき続けるから、仕方なく、

「僕のだ」

と答えると、一体どうして呉れる、と食ってかかる。どうして呉れるって、そりゃスーツケースは僕のには違いないが、落っこちるような不安定な状態に配置したのはこのおっさんだから、文句はおっさんに言って呉れ。

「そんなムチャな言い草があるか」

ゴマ塩男は頭をもたげて怒りました。網棚につり合うようなスーツケースを持って来ない方が悪いので、どうしても持って来たかったら、網棚に載せずに床に置いとくべきだと言うのがゴマ塩男の主張で、こんな満員列車の中だから床に置ける余地がないと言うのが僕の言い分で、三人三様の主張をこもごも続けている中に、車輛の入口で、

「只今より検札をさせていただきます」

という車掌さんの声がしました。それで言い合いもちょっと中止になって、しらじらとなったところを、車掌が人混みをすいとすり抜けて、僕らのところにやって参りました。車掌なんてものは商売柄、混雑に慣れているものと見えて、すり抜け方も鮮やかでしたねえ。ちょいと牛若丸を連想させました。牛若丸にしてはひねこびているけれども。

「おや。二等ですね」

車掌は気の毒そうな表情で、僕に切符を戻しました。

「そうですよ」

僕はいささか得意になり、ゴマ塩男に見せびらかすようにして、ポケットにしまいました。ゴマ塩男はちょっとイヤな顔になり、頭のこぶを撫《な》でたり、腕組みしたりして、何かしきりに考えている風でしたが、車掌が立ち去って五分ぐらい経って、右の拳固《げんこ》で左の掌《てのひら》をポンと叩《たた》き、かみつくような勢いで僕に言いました。

「君。君はその座席に坐る権利はないぞ！」

「え？　なに？」

また新手のインネンをつけて来たなと、僕も緊張しました。

「何故権利がないんだね？」

「君が持っているのは、二等切符だろう。二等切符は二等に乗る権利しかないのだぞ」

「でも、そ、それは――」

「それはもクソもない」

ゴマ塩男はまくし立てました。

「三等切符で二等に乗ったらどうなる？　たちまち追い返されるか、罰金を取られるだろう。逆も同じだよ。三等客が全部坐っていて、なおかつ空席があれば、坐らせてやらないでもないが、こんな満員の時だと、君は三等客の一人を犠牲にして、のうのうと坐っていることになる。そんな条理の合わないことはない。さあ。立て。立たないか！」

「そうだ。そうだ」

意外にもあの青年がゴマ塩男に味方して、僕に抗弁の余地を与えず、二人して力ずくで僕を立たせてしまいました。無念極まりないけれど、相手が二人ですから、仕方がありません。僕が立ったあとの座席には、あの青年がちゃっかりと腰をおろしてしまいました。こんなケチのついた満員列車にもう乗ってやるものか、頼まれたって乗ってやるものかと、僕は憤然としてスーツケースをぶら下げ、次の駅で下車してしまいました。次に来た鈍行で（これは割にすいていました。旅をするなら鈍行に限りますねえ）一駅一駅にガタンゴトンと停りながら、帰って行きました。

見合いはどうだったたって？

こんなことがあると思うんですが、きわめて微妙な偶然で、アッとばかりぶっこわれてしまったんです。

帰郷した翌日、川魚料理を食わせる料亭で見合いすることになったんですが、あいにくと相手の父親が風邪で、叔父《おじ》と言うのがつきそって来たんですな。その叔父と言う男の顔を見たとたん、僕はあっと声を上げた。向うでも声を上げたようです。その叔父と言うのが、あのゴマ塩頭のおっさんだったんです。こうなりゃ見合いもクソもありませんやね。こんな男に姪《めい》をやれるかと、先方はさっさと退場してしまいました。ちょいと見たところでは、渋皮のむけたなかなかきれいな娘さんで、掌中の珠を取り落すとは大げさですが、少々惜しかったような気分だったですねえ。でも、ああいうおっさんを親類に持つぐらいなら、やっぱり破談に終った方がよかったと、今では思っています。

寝ぐせ

寒くなると、蒲団《ふとん》が恋しくなる。一旦蒲団に入れば、そこから出るのがいやになる。いやになるから、朝眼《め》をさましても這《は》い出さない。朝飯を枕《まくら》もとに運んで貰《もら》い、横臥《おうが》したままひとりで摂取《せっしゅ》する。昼飯時になると、昼飯もまた枕もとに持って来させる。事情が許せば、そのまま夕方まで寝ているが、たいていの日は事情が許さないから、渋々と起き上り、机の前に坐《すわ》る。机の前に坐るということと、仕事をするということは、別段同義語ではない。机の前に坐っても、鼻毛などを抜きながら、ぼんやりしていることだってあり得る。私の場合はその状態の方が多い。実際にペンで字を書いている時間は、平均して、一日の中二時間足らずだ。

「いくらなんでも、それはちょっと怠け過ぎですなあ」

ある日そんな話をしたら、友人の画家秋山君が天を仰いで嗟嘆《さたん》した。

「僕なんか、朝飯を食いながらもうそわそわして、食い終ると直ぐカンバスに向うんですよ。夕方は夕方で、カンバスから離れるのが、つらくてつらくてねえ」

画描きの方はそうかも知れないが、それと一緒くたにされちゃ困る。それにこちらの仕事は、ペンを動かしている時間だけが、働いている時間じゃない。ぼんやり寝そべっていても、あれこれ考えていることもあるのだ。

しかし、一日中蒲団にもぐり込んでいる状態は、あまりいい状態でないことは、私も認める。よく考えてみるとこの状態は、私に周期的におとずれて来るようだ。寒いからもぐり込んでいるのではなく、もっと別の理由で、つまり、もぐり込まざるを得ないような精神状態が、周期的に私におそって来るらしい。どういう精神状態かと言うと、正確には表現しがたいが、ぼんやりとした憂鬱《ゆううつ》な気分、ろくな仕事をしていないと言う自責感、昔の失敗を思い出して胸をかきむしりたくなるような気分、その他いろいろのいらだちが重なり、外出もしたくなく人にもあいたくなく、私はごそごそと蒲団に這い込み、ミノ虫のようにじっとしているのである。仕事の関係でもぐりっ放しと言うわけにも行かぬので、ぎりぎりになると這い出して机に向うが、こういう時の仕事はつらい。よくもこんな商売についたと思って、情けなくなる時もある。

西丸四方著『精神医学入門』という本をひもといて調べると、私の症状は軽鬱病というやつによく似ているが、まだそこまでは行ってないらしいから、軽々鬱病とでも呼ぶべきだろう。

私の家には小さな玄関があって（そりゃあるだろう。家だもの）その玄関のすぐ脇《わき》に、書生部屋と言った位置に、私の書斎がある。それから台所になって、その彼方に居間がある。私はその書生部屋に寝床をしき、しずかに横たわり、眠っているか、雑誌新聞の類を読んでいるか、眼をぱちぱちさせて何か考えているか、そのいずれかをしている。考えごとと言うのは、小説のことも含まれていて、しかし、小説を考えるには、横たわっているだけではダメである。何かひっかかりがないと、小説と言うものは形をなさない。横たわっている分には、ほとんど外界からの刺戟《しげき》がないから、さっき読んだ新聞や雑誌などから、そのひっかかりを求めるということになる。

今日も午前中、寝床にもぐり放しで、何を考えたかと言うと、爺《じじい》ナップということを一時間ばかり考えた。二、三日前読んだ雑誌にキッドナップというのがあり、これは子供をさらって行って身代金《みのしろきん》を要求するやつであるが、これを爺に置きかえるとどういうことになるか。実際におこったこととしてどう肉付けをするか。そんなことについて色々考えをめぐらせた。続いて別の雑誌に出ていた種なし西瓜《すいか》の話から、骨なし魚ということを、これまた一時間ぐらい考えた。種なし西瓜が出来るなら、やりようによっては、骨なし魚も出来るだろう。骨のないイワシだのサンマが出来れば、食べやすくもあるし、捨てるところがないから経済にもなる。しかし、骨がなくて魚は生きて行けるか。行けないことはなかろう。現にタコやイカは骨がなくてもピンピンと生きている。

タコとイカと交配して、新しい魚をつくれないか。虎とライオン、馬とロバ、これはそれぞれ交配に成功して、ライガー、ラバという名の新種が出来ている。それならタコとイカの場合も、よく似た同士だから、出来ない筈《はず》がない。（私は今発明家が出て来る小説を、ある週刊誌に連載しているので、考えが直ぐ発明的な方に走る）オスのタコ、メスのイカを一匹ずつ、同一水槽に閉じ込めて置けば、やがて発情期が来て、どうしても一緒になるだろう。そして子供が出来るだろう。しかしタコは足が八本、イカは十本、するとその子は何本の足を持つか。間を取って九本か、あるいは両親のを合計して十八本か、などと考えているところに、玄関の扉《とびら》があく音がして、ごめん下さいと言う声がした。来やがったな。押売りか。洋服生地売りか。新聞勧誘員か。ニセ学生アルバイトか。私はごそごそと起き上る用意をする。大体そういうのは、声の感じで判《わか》るのである。それに何故《なぜ》私が起き上るか。先程書いたように、私の部屋は玄関のすぐ脇で、居間はずっと奥で、台所に戸が立っているから、玄関の声は居間まで届かない。聞えるのは私だけと言うことになっている。そんなもののために起きるのはシャクなようだけれども、起き上らないわけには行かない。

玄関には三十七、八歳の、鞄《かばん》を持った色の黒い男が立っていた。顔や服装の感じから して、押売りではないと判った。私はややがっかりして訊《たず》ねた。

「どなたですか？」

「××生命保険からお伺いしたのですが」

男はおどおどと腰をかがめた。その物腰がまだ勧誘は新米であることを物語っている。

押売りという職業に対し、私は嫌悪感《けんおかん》を持っているが、しかしこれにかまうことは好きである。友人に会ったり話したりすることが嫌《きら》いな気分の時でも、私は押売りには会う。何故かと言うと、友人に対しては好意をもって会わねばならぬが、押売りには敵意をもって会えるからである。好意は私には持つに重過ぎるが、敵意はラクに持てる。前記軽々鬱病の症状の時など、私はうつらうつらうつらと横たわり、心のどこかで、押売りが来ないかなあ、とひそかに待っている。

押売りに準じる悪質な職業に、シシ舞いというのがある。いや、こちらの方が悪質かも知れない。お祭りでもないのに獅子頭《ししがしら》をかぶり、頼みもせぬのにチャラチャラと舞い、いくばくかの金を貰う。貰うというより、強要する。

先年私が留守の時に、一匹のシシ舞いが訪れ、うちのものが十円やったところ、

「なんでえ。散々舞わせて置いて、たったの十円か」

とすごんで、あとまた十円持って行ったと言う。その話を聞いて以来、シシ舞いに金をやることを、私はうちのものに厳禁した。一応の芸ならいざ知らず、シシ舞いというやつは、獅子頭をチョコチョコと動かすだけで、芸にも何にもなっていやしない。十円だってもったいない話だ。

それ以来私の家では、シシ舞いのことをシシ舞いと呼ばない。タダ舞いと言っている。

いくら舞っても、金を出さないから、タダなのである。
二、三日前もそのタダ舞いが、うちの台所にやって来た。恰好《かっこう》を見れば直ぐ判るから、うちのものが、
「いりませんよっ。間に合ってますよっ！」と直ちに台所の扉をしめ、鍵《かぎ》をかけてしまったところ、そのタダ舞いはいったん道に出て、今度は玄関にやって来た。玄関には鍵がかかっていなかったので、タダ舞いは狭いタタキの上で、チャラチャラと舞い出した。

「来やがったな」

私はごそごそ蒲団から這い出し、舞い終ったところを見はからって、ぬっと姿をあらわした。

私は身の丈五尺七寸、外出もあまりしない関係上、無精髭《ぶしょうひげ》がもじゃもじゃ生えていて、人相もあまり良好でない。それがすごんだ声を出して、

「お前、今、台所口で断られたんだろう？」

「へえ」

タダ舞いはぎょっとした風情である。女子供だけだと思ったら、こんな人相の悪い大男が出て来て、ちょいと気の毒みたいなものだ。

「台所で断られたんなら、玄関だって同じことは、きまってるじゃねえか」

「あれ」

タダ舞いは眼をぱちくりさせた。

「これ、同じ家なんですか」

「あたりまえだ」

大邸宅ならいざ知らず、二十坪足らずの家の台所と玄関とは、目と鼻の距離で、同じ家かとは笑わせる。

「よく見りゃ判るだろ。屋根が続いてるじゃないか」

「そうですか。そりゃ失礼しました」

それからタダ舞いは逆襲に出た。

「お宅じゃシシ舞いが間に合ってるそうですが、どんな風に間に合ってるんですか」

「おれが時々やるんだ」

「へえ。旦那が？　獅子頭はお持ちですかい？」

「獅子頭？　そんなものが要《い》るかい。ドテラで沢山だ」

「ドテラかぶってシシ舞いをやるんですかい？」

タダ舞いはあきれたような声を出した。

「素面《しらふ》でやるんですかね？」

「いや。たいてい酔っぱらってだ。いや、酔っぱらおうと素面だろうと、余計なお世話だよ」

そしてまた私は声にすご味を持たせた。

「もう帰ったらどうだい。電話には百十番というのがあるんだぜ」

タダ舞いはよっぽどくやしかったらしく、しばらく歯を嚙《か》み鳴らしている風だったが、チェッと舌打ち一つ残して、扉はあけ放したまま、どこかに行ってしまった。向うのくやしがりように比例して、こちらは気分がせいせいして、また寝床に戻る。

押売りだのシシ舞いだのは、こんな具合に気分の張りを持たせるが、保険の勧誘はそんな風に行かない。と言って、応じたくても、いちいち応じるわけには参らぬ。押売りだのシシ舞いは、もし応じても、十円からせいぜい百円どまりで済むが、保険に応じるとなれば、莫大《ばくだい》な掛金が要る。

「生命保険は間に合ってるんですがねえ」

相手が押売りでないから、私の応答も自然とていねいになる。

「折角ですが、お断りします」

「どちらかお入りになってらっしゃるんですか?」

いくら新米でも、それだけでは絶対に戻らない。

「いえ。どちらにも」

「そ、それはいけません」

勧誘氏は一歩踏み込むようにする。

「どういうわけで、加入なさらないのですか。お嫌いなんですか」

「いや。好き嫌いは関係ないです。僕は長生きするんだから――」

「いくら長生きしたって、いずれはおなくなりになるでしょう。あとに残った奥さんやお子さん――」

「いや。長生きもするけどね、僕が死んだら、この世もなくなりますよ」

「え。何とおっしゃいました？　も一度」

私はも一度くり返す。勧誘氏はびっくり顔で反問する。

「何故この世もなくなるんです？」

「そりゃ僕の実感なんですよ。僕がいないこの世なんて、僕にはとても想像も出来ない。想像が出来ないから、それはないんですよ」

これはウソではない。真実ぎりぎりの私の実感なのである。想像力が欠除していると、笑われても仕方がない。すると相手は、私がからかっているか、キチガイ（少しはキチガイだ。人間は皆！）か、と言う眼付きで、私を眺《なが》め出す。

半年ほど前のある日、よく晴れた午後、私は近くの住宅街を歩いていた。私の前を十人ほどの男女が、ひとかたまりになって歩いていた。

そのグループに、一種妙な雰囲気《ふんいき》がただよっていることに、私は気付いた。

一人だけ元気のいい、張り切った男がいる。あとの男女は、何かおどおどして、罪人の如《ごと》く歩いている。しかし罪人である筈がない。身なりなんかでそれが判る。

張り切り男は先頭に立ち、右を見、左を見ながら、さっそうと歩く。やがて適当な家の前にとまると、うしろを向いて、おどおど男女の一人を呼ぶ。

「それっ！」

張り切り男はそいつを家に向け、その背をどんと突く。

「頑張《がんば》れっ！」

背中を突かれたのは、ちょっとよろめき、そのままふらふらとその家の門に吸い込まれる。

張り切り男はまた歩き出す。また別の家の前にとまり、他のを呼びよせる。

「それっ」

どんと背中を突いて激励する。

「頑張るんだぞっ！」

私は少し足を早めて、張り切り男に近づいて見た。

この男だけが腕章をつけている。その腕章には『〇〇保険』の字が読み取れた。私は卒然として、事の次第を了解した。つまりこれは〇〇保険新入り勧誘員の訓練だったわけだ。

「つらいだろうな」

とその時私は思った。しかし、背中を突かれるのもつらかろうが、見る方の私もつらかった。今思い出しても、私はつらい気分になって来る。

とにかく私は寝ぐせ（起きないで寝てばかりいる癖のことだ）を、早くなおさねばならぬ。今のままではどうしようもない。

落ちる

初めからきたない話で恐縮だけれども、この間うちの子供が便所の中に、セルロイド製の定期入れをおっことした。外で野球かなにかやっていて、ふと気がついてあわててかけ込んで、そういうことになったらしい。子供というやつは、私も経験があるけれども、遊びに熱中すると、それにかかり切りになって、他《ほか》のことはすっかり忘れてしまうものだ。うちの子供もその例にもれず、外にいたかと思うと、たちまち遊び道具を放《ほう》り出してうちへかけ込み、

「オシッコッコ、オシッコッコッコ！」

初めて卵を産んだ鶏みたいに大騒ぎをしながら、じだんだを踏むような恰好《かっこう》で、便所にすっ飛んで行く。黙っていると本当に出そうなもんだから、口走ることで自分の生理をごまかし、なだめているのである。これも少年の時に経験があるから、私にはよく判《わか》る。気持は判るけれども、定期を落したということは、放って置けない。定期がなければ、翌日からの通学に差支《さしつか》える。さすがに子供はしょんぼりした顔つきになって、便所から出て来た。

「……おっことしてしまったよ」

「ダメじゃないか。何をぼやぼやしているんだ。そういうことじゃ、とても大人物になれないぞ！」

私は叱《しか》りつけた。大人物なんて言葉は、今時の子供に通じないことは百も承知しているが、わざとそういう言葉を使うのである。向うがほんとにしょげている時は、わざとこちらも間《ま》を外して、あまり響かないような叱り方をするのが私の流儀で、叱りつけながらも、何とまあ理解のある父親で私はあることだろうと、自分ながらつくづく思う。

「落したのは、定期券だけか？」

「いや。定期と、身分証明書と、五百円紙幣と――」

「なに。そんなもの、皆いっしょくたにしてたのか。なぜ別々にしとかないのだ！」

私の声は荒くなる。五百円というのは、万一の事態の時使うようにと、上衣の内側に秘密のポケットをつくって、そこに縫い込めてある筈《はず》のものなのだ。すると、そこがほころびたから、取りあえず定期といっしょにして置いたんだという。

「どうしてセルロイドに紐《ひも》をつけておかないのだ？」

つけておいたんだけれど、昨日のバスが満員で、紐が車掌さんのボタンに引っかかって、それで千切れてしまった。つまり満員が悪いのだと、すこし元気を回復したのか、強弁し始めて来た。ちょっとあまい顔を見せると、すぐにこれだ。

「じゃ落したのも、あたりまえだというのか？」

「あたりまえというわけじゃないけれど、地球には引力というものがあって……」

「引力があるのは昔から判っている！」

とうとう私も理解がなくなって、怒鳴りつける。理解にも限度がある。

「お前が落したんだから、お前が拾え。落したものが、拾えないわけがない！」

私の住居は東京でも辺境の区にあって、したがって便所のつくりも旧式である。オリンピックまでには下水道を完備して、全部水洗便所にするなどと、誰《だれ》かが大見得を切っていたようだが、おそらく私の区まではその恩恵は及ばないだろう。万事がお粗末で、あと廻《まわ》しで、たとえば四、五日前の新聞に『都内の郵便遅配は全部解消』という見出しがあったから、これで遅配地獄も解消したかと喜んで本文記事を読んでみると、『N郵便局をのぞいて全部解消するにいたった』などと書いてある。その札つきのN区に、私の住居があるのである。ほんとに私は土地の選定をあやまった。こんなやくざな土地をえらんだばかりに、私は永久に郵便遅配になやまされ、そのまた子供は便壺《べんつぼ》を探らねばならぬ羽目におちいった。

本来ならば、オヤジたる私がやってやるべきことかも知れないが、この作業は特に大人の腕力が必要というものでなし、また特別の技術が必要というわけでもない。辛抱出来かねるような要素がひとつあるが、それは大人にとっても小学生にとっても同じことだ。敢然としてやれば、誰にだって出来る。

「早いとこやれ。日が暮れて暗くなると、見えなくなってしまうぞ！」

これには息子も閉口して、区役所の汲取係に電話したらどうかとか、近所の百姓さんに頼んでみようかとか、いろいろ妥協案を持ち出して来たが、時刻が時刻だから役所は終っているだろうし、近頃の汲取係はヴァキュームカーを使用しているから、定期券だけ取り出すのは不可能だ。近所の百姓も、近頃は人肥などは使わない。したがって取って呉《く》れるわけがない。

日が沈んで、だんだんあたりが暗くなって来た。定期が拾えなくて、早速困るのは息子の方で、こちらは何も困りはしないから、知らぬふりをしている。寝ころんで、夕刊を読んだりしている。

しばらくしてどういう具合かと、抜き足さし足様子を見に行ったら、懐中電燈を窮屈そうに小脇《こわき》にはさみ、紐のようなものを、何か人形芝居の太夫みたいな手付きであやっっていた。台所に針金の切り屑《くず》が落っこちていたところを見ると、きっとその先に針金製の釣《つ》り針がくっついているのだろう。

「ええと、地球に引力のあることも、よしあしだと……」

そんなひとりごとを言いながら、指を動かしている。ハゼ釣りじゃあるまいし、そんなあやふやな手付きで、あのつるつるしたセルロイドが釣れるものかと、私はまた抜き足さし足、元の部屋に戻って来た。うっかり助言すると、お鉢《はち》がこちらに廻って来るおそれがある。また十分ほど経って、そっと様子をうかがったら、今度は棒状のもので、すり鉢でとろろ芋《いも》をこねるような恰好で、しきりにかき廻していた。道理でにおいが激しいと思った。私は声を荒らげた。

「何をしてんだ、お前は！」

「鍬《くわ》だよ」

子供は投げやりな口調で、やけっぱちな言い方をした。

「もうダメだよ。奥の方に沈んじゃった」

何ということだろう、鍬を使うなんて。鍬だってそんな使われ方をしては、不本意に違いない。それに鍬ですくい上げようというのは、紐で吊《つ》り上げるより着想はいいが、うっかり間違うとかえって逆効果になるおそれがある。実際にうちの子供はヘマをやって、とうとう迷宮入りにしてしまった。

「仕方がないなあ。便所をかき廻すのに、鍬を使うやつがあるか！」

私は子供の頭をこづいた。

「これはもう山名君に頼むより他《ほか》はない。ほんとにこれから気をつけろ。鍬はちゃんと洗って、物置にしまって置け」

今考えると、何も山名君に頼む手はなかった。定期や身分証明書は、事情を話して再発行して貰《もら》えばいいし、つまり五百円紙幣だけをあきらめればよかったのである。息子の気持の動転が若干こちらに伝染して、つい計算違いをした。

山名君というのは私の年少の友で、しかも年来の友達で、終戦後しばらくして以来の知合いだ。なかなかマメな人物で、何か足りないとか、困っていることがあるというと、たちまちかけつけて、物資を都合したり困難を解決したりして呉れるので、私の家ではたいへん重宝している。もっともうちの者に言わせると、いろいろやっては呉れるが、山名君はそれで結構抜け目なく儲《もう》けている、とのことだけれども。

で、うちの者を呼んで相談した。

「やはり山名君に頼んで、取出して貰うより方法はないと思うが、どうだね。しかし近頃彼は、あまりうちに出入りしないようだが、どうしてるんだろう」

「犬のことで気分をこわしてるのよ」

「犬のこと？　ああ、あの犬か。あんな高い犬、うちで飼えるか」

あれはいつのことだったか、ある日私の家の庭に人間の足跡がついていたことがあった。夜中に誰《だれ》かが無断で庭に入り込み、のそのそと歩き廻ったらしい。警察へ届けるほどの事件ではないが、あまり気持のいいことではないので、思案の揚句山名君に電話をかけた。山名君は早速天眼鏡だの巻尺だのをたずさえて、嬉々《きき》としてかけつけて来た。

こんな事件になると、彼は俄然《がぜん》張切って、嬉しそうな表情になるのである。

「なるほど。これはまさしく泥棒の足跡ですな」

天眼鏡で足跡を仔細《しさい》に観察して、山名君はそう断言した。彼の説によると、これは十文半の靴《くつ》を穿《は》いた、割合スマートな身体つきの泥棒だそうで、いずれ侵入するつもりで、下見に来たに違いないと言う。

「下見？　気持の悪いことを言うねえ。じゃこれから戸締りを厳重にすることにしよう」

「戸締りより、犬です。犬を飼うのが、一番です」

と彼は説教強盗みたいな口調で力説した。

「そのうち血統書つきのいい犬を探して、持って来て上げますよ」

そういう話になっていたのだが、なかなか持って来ない。忘れてしまったのかと思う。そのうちにどこかの飼犬が幼児をかみ殺したという事件がおこったり、郵便配達がかまれて困るから、犬を放し飼いにしている家には配達中止も考えている、というような新聞記事が出たりして、だんだん犬を飼うのも面倒になって来た。そこで家族を呼びあつめ、犬を飼うのはやめにしたと宣言したところ、子供たちが承知しない。

「約束じゃないか！」

「約束じゃないか！」

異口同音に叫んで、私に飛びかかり、肩をがくがくとゆすぶる。生き物を飼うということは、たいへん手数のかかるもので、餌《えさ》をやらねばならぬし、散歩にも連れ歩かねばならぬし、便の始末もしてやらねばならぬ。子供なんて得手勝手なもので、そういう手数を一切大人に押しつけて、自分たちは可愛《かわい》がるだけの方に廻ろうとしている。腹が立ったから、私は断乎《だんこ》として拒絶した。

「ダメだ！　ダメと言ったら、ダメだ！」

何故ダメなのか。犬という動物を嫌《きら》いなのか、と詰め寄って来る。

「根っから嫌いというわけじゃないが、ウンチをする時の姿勢がおれは嫌いだ。あの恰好を見ると、何だか生きていることがイヤになって来る」

以前私も犬を飼っていたことがあって、エスという名で、そのエスがたいへん尻癖《しりぐせ》が悪かった。散歩に連れ出すと、肉屋とか八百屋とか魚屋、そんな食べるものを売る店の前に来ると突然便意をもよおすらしく、れいの恰好でしゃがみ込んでしまう。店員は怒って私をにらみつけるし、お客たちも気分をこわして買わないで出て行ってしまう。私が悪いのではなく、エスが悪いのであるが、皆エスをにらまないで、私をにらむのはどういうわけだろう。だから私は視線のやり場がなくてエスをにらみつけると、エスは、済まない、済まない、出ものはれもの、許して下さい、と消えて入りたいような哀願的な目付きになって、その癖しゃがんでいることを中止しない。途中で中止出来ない気持は判《わか》るが、衆人ににらみつけられている主人の身にもなって呉れ、と言いたくなって来る。

だからエスを街歩きに連れ出すのは禁物で、もっぱら住宅街や畠中道を歩かせることにしていたが、近頃はそれも問題になっているらしく、新聞の投書欄などで、犬を散歩させる時は割箸《わりばし》とビニール袋を持参せよ、ウンチをしたらはさんで袋に入れて持ち帰れ、などという主張が出たりしている。それが出来なきゃ、犬を飼う資格はない、と言うことだそうである。それではとても私は犬を飼う資格はない。犬の糞拾《くそひろ》いなんか、死んだってイヤだ。そういう気持を全部こめて、犬の排便の姿勢にケチをつけたのであるが、すると子供は逆襲して来た。

「じゃしゃがまなきゃいいのか？」

「うん。しゃがまなければいい。しかし、しゃがまない犬が、この世のどこにいる？」

「犬はしゃがむけれど、猫はしゃがまないよ。猫を飼ってお呉れ」

「猫？」

私は眼をぱちくりさせた。

「猫。猫はしゃがまないかねえ。なるほど。でも、猫では泥棒よけにならない」

泥棒なんて初めから条件に入っていなかったじゃないか。約束が違う、約束が違う、とわめき立てるので、私はもううんざりして、根負けして、お前たちのいいようにしろと言い捨てて、書斎に引っ込んでしまった。

次の日曜日、子供たちはどこかに遊びに行ったが、夕方バスケットを重そうにぶら下げて、エッサエッサと戻って来た。どこに行ってたんだと聞くと、画家の中尾彰さんの家に遊びに行ったんだと言う。

「そして、猫を貰って来たよ」

「なに？　猫を？」

見るとそのバスケットは、うちのバスケットである。子供たち同士でしめし合わせ、貰うつもりでうちの古バスケットを持ち出したに違いない。

「中尾さんの小父さんが、よろしくと言ってたよ」

「うん。貰って来たなら仕様がないけれど、どんな猫だね。出して見せなさい」

バスケットの蓋《ふた》を取ると、白いものが物憂げに背伸びをして、ニャアと啼《な》き声を立てた。見ると純白の仔猫《こねこ》で、私は猫についてあまり知識はないが、顔は小さく、尻尾《しっぽ》が長く、なかなかいい毛並みである。たいていの猫は見知らぬところに連れて行かれると、おどおどとおびえたり、じたばたと逃げ廻ったりして落着かないものだが、この猫はそうでなかった。悠々《ゆうゆう》としていて、仔猫ながらも王者の風格があった。

「ね。いい猫だろ？」

子供たちは私の目付きをうかがった。あんまり感心しないから返して来い、と言われやしないかとおそれているのである。

「うん。いい猫だ」

と私が誘われて返事したものだから、たちまちその猫はうちの一員となって、レオという名がつけられた。名付親は私である。レオという言葉には、たしか獅子《しし》という意味があったように思う。

早速猫用の茶碗と皿を買い求め、また排便用の砂箱もつくってやった。砂箱で排便の模様を観察したら、しゃがまないという話だったが、猫だって結構しゃがむのである。（話が違うじゃないか！）ペテンにかけられたことが判ったけれども、もう居付いてしまったことだし、また可愛くもなって来ていたので、追い出すわけには行かない。

それから一週間経った頃、山名君から久しぶりに電話がかかって来た。

「御無沙汰《ごぶさた》しております。いい犬の出物がありましたよ。お宅にぴったりです。血統書つきでね、値段はすこし張りますが、一万飛んで五百円」

「おいおい。ちょっと待って呉れ」

私はあわてて押しとどめた。

「あんまり持って来ないから、うちじゃ犬はもうやめにして、猫を飼うことにしたんだよ」

「猫？」

電話の向うで眼《め》を剝《む》いているありさまが、まざまざと想像出来る。

「そんなムチャな。猫が泥棒よけになりますか。もうこちらじゃ、あなたをあてにして、売主に金を払ってしまったんですよ。僕にさんざん苦労させて、今更犬を猫に乗りかえるなんて！」

いろいろ恨みごとだの厭味《いやみ》だのを並べ立てたけれども、遅れたのは山名君の責任だし、もう猫を飼ってしまったんだから、私としてもどうしようもない。第一値段が一万五百円だなんて、どんな犬かは知らないが、私の性に合わない。いずれつぐないはするから、どこかよそに廻して呉れということで話をつけて、電話を切った。それ以後彼はわが家に姿をあらわさないが、あるいはうちの者が言うように、そのことで気分をこわしているのかも知れない。

しかし、定期券のことは、焦眉《しょうび》の急である。放っておくと溶けてしまうおそれがある。以前の経緯《いきさつ》にかかわってはいられない。早速ダイヤルを廻したら、山名君は留守であった。彼は定時制中学の図工の先生をやっていて、そこに出かけたのである。あらましの用件を留守宅に話し、電話を切った。翌朝向うから電話がかかって来た。

「そりゃまた具合の悪いところにおっことしたもんですなあ」

電話の向うで、山名君ははずんだ声を立てた。人が困っているとなると、彼はいつもこのように嬉しそうな声を出す。

「ちょいとつまんで取れないのですか？」

「それがダメなんだよ。子供が鍬でいじり散らして、奥の方に押し込んでしまったんだ」

向うが嬉しそうな声を出す分だけ、こちらは哀れっぽい声を出す。ものには均衡ということが大切だ。

「たよるのは君だけだ。どうにかならないかねえ」

「便所ねえ。場所が場所だけれど、どうにかやって見ましょう」

「何か道具が要《い》るなら、こちらで準備して置くが――」

「いえ。その必要はないです。うちの家庭菜園に使っている桶《おけ》とヒシャクを、持って行きますから。ただね、仕事が仕事だから、風呂《ふろ》をわかしておいて下さい。済んだら入りますから」

私はうちの者に風呂の仕度を命じ、山名君の到着を待った。やがて彼は自転車にまたがり、背後にリヤカーを引っぱってやって来た。リヤカーには古ぼけた肥桶と大ヒシャクがしばりつけてある。

「やあ。今日は」

山名君はいそいそと肥桶の綱をといた。しばらく見ないうちに、すこし肥《ふと》って、血色がよくなったようである。渋団扇《しぶうちわ》みたいな肩にも、肉がついて来たようだ。

「肥ったようじゃないか。貫禄《かんろく》が出て来たよ」

私はお愛想を言った。

「まあ上にあがって、一服しないかね」

「一服もいいですが、その前に仕事を片づけてしまいましょう」

山名君は甲斐甲斐《かいがい》しく袖《そで》をまくり、ズボンの裾《すそ》をたくし上げた。

「棒きれか何かありませんか」

古ステッキを出してやった。すると彼はそれをたずさえ、便所に入った。突き刺してその手応えで、物件の所在を知ろうというのである。山名君は半眼になり、全神経を指先にあつめて、さながらツボを探り求める鍼医《はりい》のように慎重に、ステッキを操作した。本来なら作業は彼にまかせ、こちらは引込んでいてもいいのだが、それでは彼に悪いような気持がして、私もつき合っている。

「ははあ。なるほど」

半眼のまま、山名君は合点合点をした。

「大体ここらあたりに沈んでいますな。よろしい。汲取りにかかりましょう」

「驚いたもんだね。手先だけで判るのか」

「判りますよ。僕の指先の神経は、人一倍敏感に出来ていますからねえ。そうでなきゃ、図工の先生なんか勤まらんです」

鼻をうごめかしながら、用済みのステッキを差出した。私はおそるおそるその柄をつまみ、慎重に井戸端に持って行った。どうも私は排泄物《はいせつぶつ》に対して弱い。軍隊にいた時も、厠《かわや》当番が一番ニガ手であった。

私がステッキを洗滌《せんじょう》している間に、山名君は汲取りを開始した。大体所在は突きとめたと言っていたくせに、なかなか物件はすくい上って来ない。しかし汲取方は、日頃家庭菜園できたえていると見え、へっぴり腰でなく、ちゃんと腰もすわり、ヒシャクの使い方も手慣れたものである。だからまた褒《ほ》めてやった。

「うまいもんだね。本職はだしじゃないか」

「こういうものは、すべてコツでしてね」

山名君はやに下った。

「そら、こんな具合にすくうと、こぼれないでしょう。素人がやると、すぐはね散らかしたりして、失敗する」

「あり場所は判ってんだろ。早くそこをすくったら、どうだね？」

「そうかんたんに行きませんよ。そこに到達するまでの邪魔ものを、こうやって排除しないと――」

結局定期券が姿をあらわすまでに、彼が汲取った邪魔ものは、肥桶いっぱいにるいるいと盛り上った。それまで傍《そば》でつき合っているのも、なみたいていのことではなかった。

『わがものと思えばかるし笠の雪』とか何とかいう句があるが、こればかりは自分のものでも、気易くつき合う気持にはなれない。

ヒシャクの片すみに、セルロイドの枠《わく》のようなものがチラリと見えた時、私はほっとした。しんそこからほっとした。自分で汲取るより、他人に汲取らせる方が、はるかに気疲れがするものである。

私は台所にかけて行き、使い古しの割箸を持ってかけ戻って来た。つるつるすべって、なかなかつまめない。注意深く、手に汚物がかからないように、やっとのことではさみ上げる。小学校運動会のスプーンレースのような恰好で、井戸端へ走る。水をざあざあ出して、丹念に洗ってやる。五分間ぐらいもかけたから、もうよかろうと戸内にとって返し、軍手をはめて井戸端に戻り、つまみ上げて裏庭に廻る。折しも秋の日が雲を出て、さんさんと光を地上にそそいだから、これさいわいとセルロイドの中から物件を取出し、芝生の上に並べた。早いとこ乾かそうというつもりである。

「あれ。これはもう使いものにならないなあ」

思わず嘆声が私の口からもれ出た。定期券も身分証明書も、一晩つかっていたせいだろう、妙な色に染まって、スタンプのインキなんか滲《にじ》みに滲んで、もう判読出来なくなっている。さすがに五百円紙幣だけは、いくらか色に染《なじ》んではいるが、模様は滲んだりぼやけたりせず、ちゃんと原形をとどめている。もっとも一晩やそこらで滲んでは、紙幣としての価値はないだろうと思う。

「大山鳴動して鼠《ねずみ》一匹、か」

何だかいまいましい気分であった。


「働いたあとの風呂は、いい気分ですねえ」

顔をつやつや光らせて、山名君は風呂場から茶の間に戻って来た。

「これで刺身でいっぱいと来れば、もう申し分はない」

「生憎《あいにく》と刺身はないけれどね、まあこちらへどうぞ」

私は上座に誘った。いつもなら私が上座にすわるのだけれども、今日は敢然と汲取ったことにおいて、彼が最大の実力者だから、上座にたてまつる気になった。うちの者がビールを運んで来た。私たちは乾杯をした。あとになって考えると、何を祝って乾杯したのか、私にもよく判らなかったけれども。

「自分で汲取りまでやるんじゃ、家庭菜園もたいへんだね。慣れるまでが一苦労だっただろう」

「慣れるって、あんた、あんなもの――」

山名君は手の甲で、唇の泡《あわ》を拭《ふ》いた。

「きたないと思う方が間違いですよ。きたないなんて、人間の錯覚です」

「ほう。そんなものかねえ」

「僕なんかはあれを見ると、親愛感やむしろ尊敬などを感じますね」

「尊敬を？」

「そうです」

彼は南京豆をつまんだ。

「同じ糞でも、目糞とかハナクソは、どちらかというと、軽蔑《けいべつ》される。ところがあれは軽蔑されない。あなたはあれを軽蔑しますか？」

「いや。別に軽蔑は感じないけどね」

桶の中にるいるいと積み重なったあれの姿を瞼《まぶた》に描きながら、私は答えた。

「それはやっぱり量の問題じゃないか。こちらはずっしりと重量感があるから重んぜられるし、ハナクソは小粒で吹けば飛ぶような趣きがあるから、軽蔑されるんだろう」

「そうじゃないですよ。重量感の問題じゃなくて、質の問題ですよ！」

彼は語尾に力をこめた。ここぞという時には、実に自信ありげに断定する癖が、彼にはある。

「目糞だのハナクソだのというやつは、人体に寄生している。言いかえれば居候ですな。人間の役には何も立っていない。それは判りますね」

「うん」

「ところがあれは、いろいろ仕事をして、人体を悠々と通り抜けて、つまり人間で言うと、功成り名とげたという形です。ハナクソなんぞと一緒にしては、失礼にあたる」

「あれ、功成り名とげたのか」

「そうですよ。目糞だのハナクソだの、どんなにたくさん集めても、これは肥料にならない。ね、そうでしょう？」

「うん。そりゃ肥料にならないだろうな。もっとも集める人もいないだろうけれど」

「ところがあれは少量でも、りっぱに肥料になる。つまり格が違うんですよ。だから敬愛すべきです」

「敬愛か」

どうも言いくるめられているような気がする。

「しかしそれにしては、あまり香ばしくないようだねえ」

「においというものは、主観的なものですよ」

彼は手酌《てじゃく》でビールをとくとくと注いだ。

「日本人が愛好する味噌《みそ》やタクアンも、外国人には耐えがたい悪臭になるし、逆に外国人が愛好するチーズ……」

「うん。判ったよ。判った」

私は押しとどめた。こういう問題は、いくら議論しても、果てしがない。すると山名君は、それをごまかしと受取ったらしく、声を高めた。

「いやしくもあれは身の内を通ったものですよ。人間は少し自分のあれに責任を取らなきゃいけませんね。犬や猫だって、自分のあれに対しては、ちゃんと責任を持ち、自分で砂をかぶせたりして、始末しています。やりっ放しは、人間だけです」

「そうそう。犬で思い出したが――」

私は辟易《へきえき》して話題を変えた。

「この間は犬のことで、迷惑をかけたね。あの犬、どこかよそへ廻ったか？」

「廻るもんですか。あんなやくざ犬、いや立派な犬」

山名君は言いそこなって、あわてて袖口で口を拭《ぬぐ》った。

「仕方がないから、家で飼っていますよ。とても賢い犬です。便所なんか自分で行くんですよ」

「便所って、人間の便所にか？」

「そうですよ」

「君んちの便所には、扉《とびら》がないのかね？」

「いやですねえ。もちろんありますよ」

彼はうんざりしたように鼻を鳴らした。コップを重ねたから、額のあたりがそろそろ薄赤くなっている。

つきません」

「扉がなきゃ丸見えになるじゃないですか。あの現場を他人に見られたんじゃ、恰好が

「すると、その犬は――」

私はほとほと感服して、彼にビールを注いでやった。

「自分で扉をあけるのか」

「そうです。こういうことは訓練ひとつでね、どうにでもなるもんですよ」

「それは器用な犬だなあ」

人間のあれと犬のあれが混合するということは、何か不都合のような気がするが、しかし手数がかからなくていいだろう。

「うちの猫なんか砂箱だけれど、砂箱の砂を取替えるのが一苦労だ」

「あ。猫を飼ったんですね」

山名君は眼を据《す》えるようにした。レオのために犬を売りそこねたのだから、彼としても心おだやかでないに違いない。

「どんな猫ですか。ちょっと見せて下さい」

「うん」

私は立ち上って、レオを探した。レオは裏庭の芝生の日だまりで、うつらうつらと眠っていた。私は庭下駄《にわげた》をつっかけ、レオを抱き上げ、そのついでに先刻干したものをし

らべたら、もうすっかり乾いていた。定期と身分証明書はもう使いものにならないようなので、そこに放置し、五百円紙幣だけを折り畳んでポケットに入れ、茶の間にとって返した。

「どうだ。いい猫だろう」

私はどさりとレオをおろした。

「名前はレオと言うんだ。僕がつけてやったんだよ」

「いくら名前がよくったって、猫は猫です」

山名君は冷笑した。

「とても犬にはかないませんよ」

「でもね、この猫は面白いんだよ」

ケチをつけられて、私も少々躍起となった。

「犬はテレビを見ないが、このレオはテレビを見るんだよ」

かつてまだエスが生きていた頃、エスの教育のために『名犬リンチンチン』というテレビ番組を見せたことがある。そんなのでも見せたら、すこしは利口になるかと思ったのだ。ところがエスは一向テレビの方は見ずに、横目で私の晩酌の肴《さかな》の方ばかりをにらんでいて、全然教育の実が上らなかった。犬にはテレビを見る能力が欠けているのではないかと思う。

ところがこのレオは、何も見ろと強制しないのに、テレビの前にきちんと坐《すわ》って、まじまじと画面を見上げている。時に感心した風に首を曲げたり、ニャアと啼《な》いたりするのだ。

「犬は、テ、テレビ見ませんかねえ」

虚をつかれたらしく、山名君はどもった。

「見ない。絶対見ないね。もし見る犬があったら、それは国宝ものだよ」

「しかしですね、猫がテレビを見ると言っても、テレビの内容を理解しているということにはなりませんよ」

彼は腕まくりをして、逆襲に転じた。

「猫というやつは、チラチラ動くやつが大好きなんですよ。蝿《はえ》が飛んでりゃ、ぱっとその方に視線を向けるし、猫ジャラシをチラチラさせてやると、たまりかねて飛びついて来る。条件反射みたいなもので、つまりそれは猫の本能なんです。テレビの画面がチラチラするから、眼が放せないだけであって、何もおどろくことはない」

「ずいぶん猫の心理を理解しているようなことを言うね」

「理解しようがしまいが、それが常識というものです。とにかく猫という動物は、何の役にも立たない。泥棒よけにもならないし、お使いも出来ない」

彼はかさにかかって、ますますケチをつけた。

「それにうちの犬みたいに、自分で便所に行かずに、砂箱にやり散らかして、砂をかえるという手数を人間さまにかける。最低ですな」

　自分で便所に行けるか否かが、動物の偉さの基準にはならないと思うけれども、議論も面倒くさくなったし、それにビールも尽きてしまったので、私は黙ってさっきの五百円紙幣をポケットからつまみ出し、山名君の前に差出した。

「今日はいろいろムリな仕事をして呉れてありがとう。これはまあお礼のしるしに」

「はあ。それはどうも」

　彼はそれを受取り、ちょっと押しいただいて、ポケットにおさめた。先刻まであそこに沈んでいたものとは、神ならぬ身の知る由もなかろう。

「いろいろ御馳走《ごちそう》さまでした。これでお暇《いとま》します」

　彼はふらふらと立ち上った。

「ああ、いい気持だ。また何か用事があったら、電話をかけて下さい。では」

　ちょっとあと片付けをして、私が玄関を出ると、山名君はすでに自転車にまたがり、出発寸前のところであった。

「大丈夫かい。転ばないようにして帰るんだよ」

「大丈夫です。バイバイ」

　と、山名君を乗せた自転車は遠ざかって行ったが、どうもリヤカーの揺れ方が軽佻浮《けいちょうふ》薄《はく》で、いささか腑《ふ》に落ちない。私はうちの者に言った。

「あの桶、まるで空《から》みたいだね」

「ええ。空よ」

「なに。空だと？　では中身はどう始末したんだろう？　どこかに捨てでも来たのか？」

「そんな手数をかけるもんですか、あの人が！」

うちの者は忌々しそうに舌打ちをした。

「すっかりまた元の便壺に戻してしまったんですよ」

「元に戻した？　折角汲み出したのに！」

私は大声を出したが、考えてみると私は彼に、物件を取出して呉れとは頼んだが、汲み出して呉れとは頼まなかった。だからその点元に戻されても、文句のつけようはないようである。


それで結局、物件は取出しては見たものの、定期と身分証明書は役立たずとなり、かろうじて五百円紙幣だけはたすかったが、お礼に彼に持って行かれてしまった。私の得たものは、無である。ビールを彼に御馳走しただけがマイナスということになり、向うではそんな気はないかも知れないが、こちらはどうも山名君にしてやられた気分がして仕方がないのである。

Q高原悲話

この一夏三人で、Q高原で過すことにしないか。あそこは第一涼しいし、生活費も安くあがるし、それに景色がとてもすばらしい。画業を磨くにはもって来いだ。そう提案したのは、チビの高岡君です。

「毎日涼しい思いをしながら、しかも画が描けるなんて、ほんとに極楽だと思わないか。是非いっしょに行こうよ」

唇の端にビールの泡《あわ》をくっつけたまま、高岡は熱心な口調で口説きました。

「それに、おれ、もう家を一軒借りる約束をしちゃったんだよ。君等が来て呉《く》れないと、家賃が重過ぎるんだ」

「なんだ。じゃあおれたちを、家賃の穴埋めに連れて行くつもりか」

ノッポの安藤君が呆《あき》れ声できめつけました。

「実際お前はオッチョコチョイなところがあるなあ。家賃を払う見込みもないのに、借りる約束なんかする奴《やつ》があるか」

「いや。これには事情があるんだよ」

高岡の話によると、高岡の先輩某氏がQ高原に行くつもりで、一夏一万五千円也の家賃で貸別荘を借りることになった。そして五千円の内金を置いたあと、急に事情が出来て行けなくなった。そこでその権利を高岡がゆずり受けることになったと言うのです。

「どうだい。あと一万円払えばいいんだよ。一夏で一万円。三人で割れば、一人頭たった三千三百円だ」

「うん三千三百円か」

安藤はいくらか心を動かした風でした。

「それなら行ってやってもいいな。君はどうする？」

「うん。僕も異存はない」

と僕は答えました。暑い東京でうだっていては、ろくに仕事も出来ませんからねえ。

「しかし、そこはそんなにいいところかい？」

「うん。終戦の前の年に、一度行ったことがあるが、割にいいところだった。ひなびた趣きがあってね」

安藤はビールをぐっと飲み、そして高岡に言いました。

「お前はもちろん、行ったことがあるんだろうな」

「うん。四、五年前に、一週間ばかりあそこで暮したことがある。では、そう決めて、向うの家主に通知を出していいな」

こうしてQ高原行きが、たちまち決ってしまったのです。三人とも画家の卵で、そろって独身で、しかものんき者ぞろいと来ているものですから、かんたんに話がまとまったのです。そこでQ高原のことをサカナにしてビールをあおり、ますます話がはずんで行くうち（と言っても、僕はQ高原に行ったことがないから、もっぱら聞き手に廻《まわ》っていたのですが）どういうきっかけだったか、Q高原にはセミがいるかいないかと言うことで、高岡と安藤の間に大論争が始まりました。もっとも相当に入ったビールのせいもあるのです。

「セミがじゃんじゃん啼《な》き立てて、うるさいほどだったという記憶が、今でも耳の底に残っている」

と言うのがチビの高岡の言い分で、

「おれはあそこでセミの声を聞いたことがない。しんかんとした高原の雰囲気《ふんいき》が、今でもおれの青春の一頁《ページ》をかざっているのだ」

と言うのがノッポの安藤の主張でした。

こんな記憶の問題は、個人個人のことですから、論争したって解決出来るものではなく、とどのつまりは、では賭《か》けようではないか、と言うことになりました。

「いいか。セミが一匹でもいたら、お前はおれの分の家賃も、つまり二人分六千六百円を、お前一人で持つんだよ。いいな」と高岡。

「合点だ。そのかわり、一匹もいなかったら、お前が持つんだぞ」と安藤「あとでいざこざが起きると困るから、秋山を立会人として置こう。いいね。なって呉れるね」

「承知した」

と僕が立会人の役目を引受けることになりました。こちらのふところが痛むわけじゃないから、安請合をしたと言うわけです。で、その夜の取決めで、出発は一週間後、と言うことになりました。避暑なんてものは、あまりやったことがないから、その夜皆と別れても、気分が浮き浮きとして、なんだか愉《たの》しかったですな。


しかし物事というものは、いつも予定通りは行かないものですねえ。出発の前日、僕がいろいろ荷造りなんかしていると、速達が舞い込んで来ました。見ると高岡からです。故郷の老母が重病にかかったから、急に高知に帰らなければならなくなった。Q高原には行けないから、二人で行って呉れ。向うにも速達を出して置く。別荘の場所は左記の通りと、地図が書いてある。なんだ、言い出し人が行かぬなんて、怪《け》しからんじゃないかと思ったが、お母さんが病気じゃ仕方がない。文句を言うわけにも行かない。けれども、高岡が行かないとすれば、家賃のことはどうなるんだろう。そのことがちょっと心配になりました。

さて、翌日の朝早く、大きなリュックを背負って駅にかけつけたら、安藤も大リュックを背負って、待っていました。ノッポのことだから、直ぐ眼につくのです。僕の顔を見ると、安藤は口をとがらせて言いました。

「おい。高岡は行かねえんだとよ」

「知ってるよ。昨日速達を貰《もら》った。でも、おっかさんが病気なら、仕方がないだろう」

「うん。でも、あいつがいないと、心細いような気がするよ。何だか今度の避暑は、初めからケチがついてるようだなあ」

「そんなにくよくよするなよ。二人でもいいから、今夏は仲良く愉しく過そうよ。何も心の持ち方次第だ」


僕も心細いような気がしていたが、そんな具合に言葉を励ました。安藤に言って聞かせるより、自分に言い聞かせるつもりでもあったのです。


Q高原は東京から汽車で約五時間、更にバスで一時間ばかり揺られて行くところにあるのです。バスは大揺れに揺れながら、よたよたと坂道を登って行く。身体はくたくたになるが、車窓に変化する景色はすばらしかったですなあ。東京なんかでは見られないような木や草の色。澄み切った空気。ひやりと肌《はだ》に触れる涼気。やはり来てよかったなあ、と言う気持は安藤も同じらしく、

「高岡の奴、可哀そうだなあ。こんないいとこに来れずに、あの暑い高知でうだってやがるんだからなあ。ほんとに気の毒なもんだ」


などとしきりに同情と憐憫《れんびん》の言葉を発していました。僕も大いに相槌《あいづち》を打ちたかった

が、バスがあまりにも揺れるので、うっかり口を開くと舌を嚙みそうなので、うんうんとうなずくだけでした。そしてやっとバスは終点に着きました。僕らはリュックを引きずって、バスを降りた。降りた瞬間、安藤は塩っぱいような表情で空を見上げました。

セミが啼いていたんですな。

終点のそばに大きな樹が五、六本生えていて、その枝葉の茂みの間から、ジージーと言う声が洩《も》れて来ます。それはまぎれもないセミの声でした。

「あれ、セミの声じゃないか」

と思わず僕が言ったら、安藤ははっと我に返り、じろりと僕をにらみつけるようにして言いました。

「あれはセミじゃない。きっと何かの虫だよ。虫にきまっているよ。セミであるわけないじゃないか」

その終点はちょいとした広場になっていて、茶店や土産物店《みやげものてん》も数軒あり、リュックをしょった人たちがぞろぞろ歩いたりしています。あんまりひなびてもいないので、そのことを安藤に言うと、

「おれが以前行った時は、ほんとにひなびてたんだけど、おかしいなあ。いつの間にこんなに俗化したんだろう」

などとしきりに首をかしげていました。この前行ったと言うのが、終戦の前の年だと

のことですから、それからいくらか俗化したのも当然かも知れません。で、僕らは足を引きずるようにして、ハガキの地図をたよりに、別荘の持主の家へ向って歩き出しました。

その別荘と言うのが、呆れましたねえ。

山の斜面を切り開いて建てられた一軒家で、数年間無人のまま放置されていたらしく、ひどいあばら家です。ピサの斜塔のように、実際傾いているんです。部屋は六畳の一部屋だけ。あとは便所と炊事場。僕らは顔を見合わせて、うなりました。

「ううん。ひどい家だなあ」

「ほんとだねえ。これで一万円は高いねえ」

「そうだなあ。どうも一杯食わされたような気がするなあ。売値が一万円だと言うのなら判《わか》るが、貸値だからなあ」

「高岡の奴、こんな家だと知ってたのかねえ」

「知ってておれたちを誘ったとするなら、そりゃサギだよ」

こもごもうなり、またこぼし合いながら部屋に上ると、家全体がみしみしと音を立てて揺れました。うんざりしましたねえ。

「おい、お互いにそっと歩こうぜ。家がこわれると大変だからな」

「うん。用心しよう。あの家主は感じが悪かったねえ。貪欲《どんよく》そうで」

「そうだよ。家をこわしたりしたら、きっと賠償を莫大《ばくだい》取られるよ」

「うん。とにかく一万円は高いよ」

その一万円についても、僕と安藤との間に一悶着《ひともんちゃく》があったのです。僕の言い分としては、たしかにセミがいたようだから、君が高岡の分まで六千六百円出せ。ところが安藤の方では、高岡は避暑に参加しなかったから、あいつの分は消滅した。二人で半分ずつ出すべきだと言うのです。来た早々喧嘩《けんか》するのもまずいですから、僕が譲歩して、五千円ずつ出し合うことにしました。こんなあばら家に五千円とは、どうもケチがついているとの安藤の言が当っているようで、少々忌忌しい感じもなくはなかった。

でも、東京と違って涼しいし、景色もいいし、別荘からP山連峯が一望に見渡せる。二、三日起き伏ししているうちに、やはり高原生活の愉しさが判って来て、これなら五千円は高くもないと言う気になって来たから、おかしなもんです。毎日画を描いたり、川に釣《つ》りに行ったり泳いだり、弁当をたずさえて山登りしたり、のんびりした生活が始まった。

その中《うち》に安藤は妙なものに凝《こ》り出しました。それは馬です。

先ほども申し上げた通り、バスの終点が広場になっていて、十頭ばかりの貸馬がつながれています。一時間いくらで、その馬を貸すのですが、その貸馬に安藤の奴は凝り始めた。

ここに到着した最初から、ここは地形がアメリカの西部に似ているなと、安藤はしきりに言っていました。安藤と言う男は、映画と言えば西部劇しか見ないという程、西部好きの男ですが、だんだんここで生活している中に、自分がジョン・ウエインか何かになったような気分になって来たらしい。馬に眼をつけたのも、どうもそのせいらしいのです。でも、安藤は背高ノッポではあるけれども、身体はひょろひょろと痩《や》せ、逞《たくま》しいところは微塵《みじん》もないし、手足の動作はぶきっちょだし、眼鏡はかけているし、どう見ても西部劇の主人公役なんかじゃないのですが、自分ではすっかりそう思い込んでしまったらしいのです。うぬぼれと言うのは、たいへんなものですねえ。

馬主に幸吉君と言うすこし足りないような青年がいました。その青年にどうやって取り入ったものか、借り代を三分の一に負けて貰って、乗馬の練習を始めました。正規の借り代を払うと、たちまちふところが淋《さび》しくなり、練習が続けられなくなるからです。三分の一に値切った関係上、その馬はとても可笑《おか》しな馬でした。僕は今でも、あれは馬ではなくて、ロバかラバじゃなかろうかと疑っているんですが、とても小さな馬で、不細工な身体と、すっとぼけたような顔をしている。安藤はこの馬に『青葉号』と言うひとかどの名馬みたいな名をつけ、意気揚々と乗り廻していましたが、青葉号などとはとんでもない、枯葉号と言う名がふさわしいような駄馬《だば》でした。

最初の日、初めて青葉号に安藤がまたがった時、僕は見ていたんですが、安藤を背に乗せたまま、安藤がいくら手綱を動かしても、青葉号はびくとも動かない。見るに見かねて幸吉君が、棒で青葉号の尻《しり》をボインとぶん殴ると、青葉号はヒヒンと悲鳴を上げて棒立ちになったので、あわれや安藤は青葉号の背から尻へ辷《すべ》り、ボトリと地面に尻餅《しりもち》の姿勢で落下いたしました。これには見ていた人々も大笑いでしたが、その笑いがかえって安藤の奮闘心をかき立てたらしいのです。お尻をさすりながら、血相をかえて、また青葉号に這《は》い登った。

結局その日は幸吉君が手綱を取り、馬子となって三時間ばかりあちこちに引き廻し、青葉号に安藤君を慣れさすべく努力したものですから、やっとその翌日から安藤君も独り乗りが出来るようになったようです。独りで乗れることになったもんだから、安藤君はすっかり得意になり、胸を反らせてあちこち乗り廻したり、僕に写真を撮らせたりしていましたが、当人がうぬぼれている程いい恰好《かっこう》のものではありませんでした。なにしろ青葉号は小馬なのに、安藤は五尺九寸ぐらいもあるし、従って脚も長い。青葉号にまたがると、安藤の足先は馬の腹よりずっと下に位置する。つまりサンチョ・パンザ、あれですな。あれの日本版だと思えばよろしい。

独り乗りしてから三日目、安藤はまたまた失敗しました。

その日もあちこち乗り廻し、夕方になって終点広場に降りて来たんですな。青葉号はいたく腹が減っていたらしい。安藤がしきりに巧妙な手綱さばきを見せようとするが、青葉号はそれを無視して、とある土産物店にとことこと入って行ったのです。それでどういう成行となったか。

土産物店には、建物の当然の性質として、梁《はり》がある。青葉号の丈《たけ》プラス安藤の上半身の丈は、その梁の高さを上廻る。すなわち安藤の胸から上の部分だけが、その梁のために、店内に入って行けない勘定になる。物理の必然に従って、安藤は梁にぶち当り、キャッと悲鳴を発して、梁にしがみつき、それからどすんと敷居に落下、転倒して眼鏡を落し、はね起きたはずみに自らの足で眼鏡を踏み割ったのです。

その間青葉号は何をしていたか。茶店ではなく土産物店であるからして、馬が食べるようなものは何もない。すなわち青葉号は花火を並べた台の前に行き、花火をむしゃむしゃと二百五十円がとこ食べてしまったんです。いくら空腹だとは言え、食うことに事欠いて花火を食べるとは、何と言うあさましい馬でしょう。むしゃむしゃと食べつづける青葉号を、店中の人がよってたかって、押したり引っぱったりして、やっとのことで店外に連れ出したと言うことです。

馬には責任能力はないんですから、花火代の二百五十円は当然安藤の責任と言うことになり、支払わされたんだそうです。眼鏡をなくして、憂鬱《ゆううつ》そうにビッコを引きながら戻って来た安藤に、その話を聞いて、僕は笑いを押えるのに苦労したですな。

涙ぐましい安藤の努力が功を奏して、やっと青葉号を乗りこなせるようになったのは、一週間目ぐらいのことです。その頃《ころ》はとことこと乗り廻すだけでなく、小走りぐらいはさせられるようになっていました。

すると、青葉号の方でも、人生意気に感じたのでしょうか。毎朝十時頃になると、終点広場からひとりで坂道をとことこと登り、うちの別荘にやって来るようになった。もちろん幸吉君が手綱をといてやるのでしょう。道を間違えずに、まっすぐうちにやって来て、入口のところでヒヒンといななく。びっくりして外をのぞくと、すっとぼけたような顔を上下に振って、乗って呉れと言ったような恰好をする。

「どうだい。やはりおれが見込んだ通り、こいつは只の馬じゃないだろう」

青葉号が来訪するたびに、安藤はそう言って悦に入っていました。

「毎日ひとりで主人を迎えに来るなんて、頭が良い馬だなあ。磨墨《するすみ》にも劣らない名馬だよ」

そう言って、安藤は嬉々《きき》として青葉号にまたがり、出かけて行く。

乗り始めて半月目頃でしたか、安藤はすっかり自信をつけたのか、青葉号にまたがってP山連峯の一つR岳に登ると言い出しました。

「青葉号でか？」

僕も少し呆れて忠告しました。

「いくら何でも、そりゃムリじゃないか。まだ習い始めて、半月しか経ってないんだろう」

「半月だって、上手になる奴は、上手になるんだ」

安藤は鼻をうごめかした。

「おれと青葉号は、近頃ではぴったりと気が合って、人馬一体と言うような境地にまで達しているんだ。決して心配はない」

その日は朝から安藤は早起きして、せっせと握り飯をつくっていました。十時頃青葉号がやって来ると、彼はそれにひらりとまたがり、セミ時雨《しぐれ》の中を、馬上豊かに悠々《ゆうゆう》とR岳目指して出かけて行きました。

安藤が出かけて間もなく、リュック姿の郵便配達人が、手紙をひとつ持って来て呉れました。裏返すと、高知の高岡からです。

『毎日元気で活躍のことと思う。小生は今年何や彼やと悪いこと続きだったが、おふくろの病気もようやく快方に向うきざしが見えたので、近い中上京の予定だ。

それにしても気がかりなのは、Q高原のセミのことで、会う人ごとにそれとなく質問しているが、回答は大体五分五分の様子で「Q高原であろうと、どこだろうと、樹木のあるところセミが啼くのは当然だろうじゃないか」と言う人もいれば、「Q高原？」とさかし気に小首をかしげて「ヨーロッパにはセミはいない。セミはギリシャにしかいない。Q高原の温度や湿度がヨーロッパ的だとすると、セミが棲息《せいそく》する可能性がなくなるネ」などと申す人もいる。

しかし僕としては、Q高原の気候がヨーロッパ的であろうと、どうだろうと、自分の耳で聴《き》いた体験を信じる。他のすべての虫の声を忘れることがあっても、あの時のセミの声だけは耳朶《みみたぶ》に残って鳴りやまない。

上京したら、暇を見て、是非そちらに行くつもりだ。セミがいたら、安藤から三千三百三十円貰えるわけだから、旅費を出してもたっぷりオツリが来る勘定になる。いずれその時のことを愉しみに。

高岡生』

その夜の夕方、もう暗くなった頃、安藤がげっそりと衰え、よろめきながら戻って来ました。僕の顔を見ると、情けなさそうに首をがっくり垂れ、絶え入るような声を出しました。

「メシを呉れ。腹がぺこぺこで、死にそうなんだ」

「どうしてそんなに腹がへったんだい？」

僕はいぶかしく反問しました。

「あんなに沢山にぎり飯を持って行ったじゃないか」

「ううん」

安藤は哀しげに首を振りました。

「青葉の奴が、ちょっと油断をしてる中に、全部ぺろりと食べてしまいやがった」

午後二時半頃、腹が減って来たんで、安藤は弁当を食べようと馬を降り、谷川に水を汲みに行った。やっとのことで水筒に水を充たし、戻って来ると、青葉号が新聞紙や竹の皮を食い破って、にぎり飯を全部ぺろりと食べてしまっていたんだそうです。

「実に恩知らずの馬だ。あれほど可愛《かわい》がってやったのに」

安藤は虚空をにらみつけながら、声を慄《ふる》わせました。

「あいつはもう犬畜生に劣る！」

「それで、また乗って戻って来たのか？」

「いや。誰が乗ってやるものか。絶交を宣言して、あいつを山中に残して、おれ一人で戻って来たんだよ」

「おいおい。それはムチャだなあ。可哀そうじゃないか」

「可哀そうなもんか。自業自得だ。今頃は山ん中でへこたれているだろう」

それから早速夕食となり、それが済んで高岡の手紙を見せてやりました。読み終った

安藤は、困ったような顔で考え込んでいましたが、やっと思いついたように、

「判ったよ。Q高原には元来、セミはいないんだ」

「だって現実に啼いてるじゃないか」

「あれは一時的現象なんだよ。多分今年だけのものだろう」

「え？　それは一体どういうわけなんだ？」

「戦争さ。戦争が原因だよ」

安藤は合点合点をしました。

「昭和二十年、日本はあちこち爆撃を受けただろう。だから低地のセミたちはやり切れなくなって、はるばるこのQ高原に疎開して来たんだ」

「終戦の時？」

「そうだよ。そしてここで子供を産んだのだ。セミと言う奴は地中で十二年ばかり生活して、それから地上に出て来るものなんだ。そのことは君も知ってるだろう。今啼いているのは、その時の子供なんだよ。だから特別なんだ。高岡が来たって、金を払う必要がない」

怪しげな説だと僕は思ったが、安藤はすっかり満足したらしく、にこにこしていました。

でも、高岡はついにやってこなかった。高岡が来る前に、僕らはQ高原を退散することになったからです。

その翌日のことです。

朝飯が済んで、僕らが一服していると、入口の方から足音がして、ヒヒンといななき声が聞えました。

「おやっ、青葉が！」

安藤はびっくりして、坐《すわ》ったまま三寸ぐらい飛び上った。

「何しに来やがったんだ」

青葉はいつもと同じく首を上下に振り、乗って欲しいと言った身振りをしました。安藤は腰を浮かせて、怒声を発しました。

「貴様とは、もう絶交したんだぞ。乗ってなんかやるもんか。帰れ！」

青葉号は首を振りやめ、じっと安藤の方を見ました。その眼には何か哀願のような色が浮んでいました。安藤はおっかぶせるようにして怒鳴りました。

「とっとと消え失せろ！」

すると青葉号はぎくりと身体を慄わせたようです。それから何を思ったのか、縁側に前肢《まえあし》を上げ、ちょっとためらったようですが、直ぐに思い切ったように、のそのそと部屋に上って来ました。

「わあっ！」

僕は思わず悲鳴を上げた。青葉号が悠々と膝《ひざ》を折り、そこに坐り込んでしまったのです。とたんにがくんと根太が抜け、僕ら二人と馬一匹はどすんと床下に落下した。悲鳴を上げざるを得ないではありませんか。

根太の抜けた別荘と、坐り込み馬をそのままにして、僕らはリュックを引っかつぎ、その場から山をかけ降り、バスに乗って、東京に戻って来ました。折角五千円も出したのに、わずか半月の高原生活で、今考えても悲しく、口惜《くや》しくって仕方がありません。え？　別荘のことですか？　それっ切りです。何とも家主から言って来ませんが、おそらくあんなあばら屋だから、こわれっ放しになっているんでしょう。青葉号のことも、その後消息を聞きません。青葉号の借り賃も、安藤は幸吉君にずいぶん溜《た》めた筈《はず》ですが、それも安藤はすっぽかしたようです。全くひどい奴ですねえ。

Sの背中

一

『猿沢佐介《さるさわさすけ》の背中には、きっと一つの痣《あざ》がある。しかもそいつのまんなかに、縮れて黒い毛が三つ、生えているのに相違《そうい》ない』

いつからか、蟹江四郎《かにえしろう》は、そう思うようになっていました。思うというより、信じるといった方がいいかも知れません。思ったり信じたりするだけではなく、時には口に出して言ってみたりさえするのです。もちろん人前でではなく、こっそりとです。七五調の新体詩みたいな調子のいい文句ですから、つい口の端《は》に出て来やすいのでした。

ひとりで部屋でお茶を飲んでいる時とか、道を歩いている時などに、だから彼はふと呟《つぶや》いています。ちょいと呪文《じゅもん》のような具合なのです。

『猿沢佐介の背中には、節穴みたいな痣がある。そしてそいつのまんなかに……』

それを呟くとき、蟹江四郎の顔はいつもやや歪《ゆが》み、表情もいくらか苦渋《くじゅう》の色をたたえてくるようです。ふだんから突《つ》き出たような眼玉が、そんな時はなおのこと、ぎょろりと飛び出してくるように見えました。
しかしこの七五調仕立ての文句は、その発想において、間違っていました。それは蟹江自身もよく知っていました。本来ならば、これは次のように言うべきなのです。『三本の黒い縮れ毛の生えた、直径一糎《センチ》ほどの痣が、この世のどこかに存在する。誰かの背中にきっと貼りついているのだ。その誰かというのは、あの猿沢佐介に違いない』
つまり、猿沢の背中に痣があるかどうか、ということが問題ではなく、痣があるのは猿沢の背中かどうか、ということなのです。言葉にすれば似たようなものですが、意味から言えばすこし違っているでしょう。
蟹江四郎は、猿沢佐介の裸の背中を、まだ見たことがありません。いや、見たことはあるかも知れませんが、どうもその印象が憶《おも》い出せないのです。夏ともなれば、暑いのだから、猿沢佐介だって肌《はだ》を脱《ぬ》ぐだろう。そうだ。衣服を脱いでパンツひとつになり、庭の草花に水をやったり、体操や縄飛びなどをしているところを、たしかに見たことがある。そう思って、その印象を憶い出そうとするのですが、瞼《まぶた》に浮《うか》んでくるのは、猿沢の胸に濃く密生した胸毛の色とか、双腕《もろうで》のぐりぐり筋肉の形とか、そんなものばかりで、背中のことは全然浮んでこないのです。それはそうでしょう。人間というものは、交際や交渉の関係上、お互いの前面をしか眺めないもので、背面をしみじみ眺め合い、それを記憶にとどめ合うなどとは、めったにないことです。あるとすれば、しごく特別の場合でしょう。

蟹江四郎が猿沢佐介と知合いになったのは、もうずいぶん以前です。かれこれ二年にもなるでしょうか。しかしそれは、知合いになるのが当然であって、しかも初めはなんとなく顔見知りになり、やがてある夜、あることを中心として突然近付きになったのです。この二人の男は、ごく近くに住み合っている、近隣同士の間柄《あいだがら》なのでした。お互いの玄関まで、歩いて三分とかからない、まったく同じ恰好《かっこう》の、まったく同じ大きさの家に、この二人はそれぞれ居住していました。

それは戦争中、某軍需会社の社宅だったという話でした。一面の畠のまんなかに、四角に土地を地均《じなら》しして、そこに二十軒ばかりの同じ形の家が、行儀よく並んで立っています。敗戦後しばらくしてその会社は潰れ、この社宅も売りに出されたという訳でした。だからここは今は、社宅時代とは全く異なり、素姓も違えば職業も違う、雑多な世帯や家族の群落なのです。同じ一郭《いっかく》に住んでいるというだけで、お互いに通い合うものもほとんどない人々が、なんとなく顔をつき合わせて暮している恰好でした。

なにしろ畠のまんなかにぽつんと孤立した部落で、肉屋に三町、風呂屋に五町という不便なところですが、そうかといってこの部落の人々は、別段お互いによりそったり、団結したりする気持はないらしい。いつまで経ってもばらばらで、にがりを入れ忘れた豆腐みたいに、いっこうに固まる気配はないようです。結局それがお互いに気楽なのでしょう。そのくせ、近隣の動静に、全然無関心というわけではありません。表面では何気ない表情でも、かげでは妙に気を廻《まわ》したり、こまかく神経を働かせていたりするのです。たとえば、どの家では今日牛肉の上等を百目買ったとか、どこの家では昨晩夫婦喧嘩をやったとか、まあそんなことです。つまりこの部落の人々は、ことに女たちは、そのような毒にも薬にもならない噂話《うわさばなし》が、大好きなのでした。

そんな噂話のひとつに、猿沢佐介のことがあります。猿沢佐介という男は、戦争前、ある小さなサーカス団長をやっていた。そういう噂なのです。噂というよりは、今ではもう、伝説といった方がいいかも知れません。当人もそれを否定しませんし、それらしく振舞っている傾向さえあります。団長らしい派手なジャケツを着て、鞭《むち》のようなものを持ち、畠の中を悠々《ゆうゆう》と散歩したりするのです。部落の共同井戸端から、洗濯中の女たちがその姿を眺めて、

「ほんとに団長そっくりね」

「まったくね。あのだんだら模様のジャケツの色なんかもね」

まさかその噂を助長させる目的で、そんな恰好をしているのでもないでしょうが、それでも時々、動物を調練する具合に鞭をヒュッと振ったり、口笛《くちぶえ》をピュウと鳴らしたりするのです。まったく板についた仕種《しぐさ》でした。

「あの人の奥さんも、ひょっとすると、サーカス娘だったかも知れないわね」

「あ、そうだ。きっとそうよ。こないだあその独木橋《まるきばし》を、調子をつけてひょいひょいと渡ったわよ」

「ふん。じゃ綱渡りの要領というわけね」

噂の発生とは簡単なもので、これで猿沢夫人の前身は、すっかり綱渡り娘ということになってしまうのです。

猿沢夫妻の間には、子供が一人あります。まだ赤ん坊です。その赤ん坊に、近頃猿沢佐介は『おあずけ』を仕込んでいるという話でした。赤ん坊の眼の前にお菓子をおいて、そして猿沢がするどい声で、

「おあずけ!」

と命令する。するとその赤ん坊は、出しかけた手をすぐ引っこめて、おとなしくかしこまるということです。それを見た人がいるというのですから、本当なのかも知れません。この話に対して、部落の人々の間では、これは赤児の基本的人権の無視であるという非難と、さすがはサーカスの元団長だという賞讃と、二つの説に分れていました。賞讃説の方は、もっぱら女の方に多いようです。猿沢佐介は風采《ふうさい》も一応は立派だし、口もなかなかうまいので、女群から一般に好意を持たれているようでした。その反面、男たちからは、あまりよく思われていなかったかも知れません。

猿沢佐介は、もう四十位になるでしょうか。しかしいつも派手な身なりをしているので、若々しく見えます。手足の皮膚もつやつやしていて、まるで青年みたいです。しかし顔だけは、つやつやと言うより、てらてらと赤く光っているのです。ことに鼻の頭などは、すっかりトマト色になっていました。これは言うまでもなく、酒焼けというやつです。猿沢佐介はおそらく部落きっての飲み手でした。毎晩酒の気を、切らしたことがないという噂でした。家でも飲むし、もちろん外でも飲む。駅近くの飲み屋や屋台で、とぐろを巻いている猿沢の姿を、蟹江はしばしば見かけることがありました。

蟹江四郎が猿沢佐介と口を利き合うようになったのも、駅近くのある飲み屋でした。その飲み屋の名は『すみれ』というのです。その優雅な名前にも似ず、それは軒も傾いたような、ぼろぼろのきたない居酒屋でした。

蟹江も酒は大好きでした。しかし安月給の身なので、毎日毎晩飲むというわけには行かない。五日に一度とか、一週間に一度とか、せいぜいその程度にしか飲めません。どんなに彼は毎晩飲みたかったことでしょう。しかしそれは出来ないことでした。歯を食いしばるようにして『すみれ』の前を通り過ぎ、暗い畠中道《はたなかみち》を黙々と家に戻ってくる。駅から彼の家まで、五六町ほどもあるのです。この道のりが、別の事情もあって、素面《しらふ》のときには、なかなかつらいのでした。

それは、蟹江が猿沢と知合いになった頃、つまり今から二年ほど前のことです。

その時分、そのような貧しい蟹江にとって、猿沢の存在がどう感じられていたか。もちろん近所同士ではあるし、目に立つような恰好をしているから、蟹江は猿沢の顔や名をよく知っていました。どんな職業に従事しているのか知らないが、いつも派手な身なりをして、そこらをぶらぶら散歩したり、しかも毎晩『すみれ』なんかで酒を飲んでいるようだ。得体の知れない、へんな男だな。その程度の感じだったとも言えましょう。しかし、あるいはその頃すでに、彼は猿沢に対して、もっと深い感じを持っていたのかも知れません。つまり、それは言い換《か》えれば、漠然たるわだかまりといったようなものです。

俺が飲むや飲まずの生活をしているのに、あいつは派手に毎晩飲んでいる。わだかまりの感じのひとつは、そういうことでもありました。すなわち、猿沢という男に対する、ぼんやりした隣人的嫉妬。そういう風に表現してもいいでしょう。この世に贅沢している人は他にたくさんいるのに、隣人の猿沢にだけそんな感じを持つなんて、すこし可笑《おか》しな話ですが、もともと人間とはそういうものなのでしょう。大きな敵が前面に控《ひか》えているのに、仲間同士で分裂していがみ合っている、そういう例はよく耳にするところです。人間の感覚というのは、身近なものに対してのみ、反応するものなのかも知れません。しかし無論蟹江のこの感じは、その頃はまだ茫漠《ぼうばく》としていて、自分でもはっきりとらえがたい程度だったわけです。

猿沢と初めて口を利いたのは、ある寒い冬の夜のことでした。その夜蟹江は『すみれ』の一隅《いちぐう》に腰をおろして、ひとりちびちびと焼酎《しょうちゅう》のコップを傾けていたのです。その蟹江の卓《たく》の向う側に、毛皮のジャンパーを着込んだ猿沢佐介が、やはり静かに徳利をかたむけていました。この二人はこの店で、それまで度々顔は合わせているのですが、まだ口をきき合ったことは一度もないのでした。

店の奥の椅子《いす》には、色の白い若い女がひとりひっそりと腰かけていました。これはこの店の給仕女で、久美子《くみこ》という女です。給仕女といっても、酒をあたためたり肴《さかな》を運んだりする、ただそれだけの役目でした。

猿沢が飲んでいるのは、一級酒の銚子《ちょうし》でした。しかも肴を三四品並べたりして、なかなか豪勢な恰好です。これに反して蟹江の方の肴はたった一皿で、それも一番安い鰈《かれい》の煮付けなのでした。表側はすっかり食べ終って、ちょうどいま裏にひっくりかえしてみたところです。

猿沢はしずかに盃《さかずき》を唇《くちびる》に持ってゆきながら、さっきからちらちら眼を動かして、久美子の様子をぬすみ見たり、蟹江のコップの方を眺めたりしていましたが、ふとその皿に眼をおとして、突然独り言のようなことを言いました。

「裏白の魚なんて、おかしなもんだねえ」

蟹江の酔《よ》った耳は、ふいとその呟きを聞きとがめました。それにいい加減酔いが廻って、話し相手が欲しくもなっていたので、彼はうっかりと顔をあげて問い返しました。

「なんだって。裏白の魚だって？」

「そうさ」と猿沢は、初めて蟹江の存在に気付いたような顔をよそおって、しごく鷹揚《おうよう》にうなずきました。「それは鰈だろう。表が黒で裏が白。魚のくせに裏表があるなんて、奇怪な感じのものだねえ」

「そりゃ仕方がないさ。生れつきだもの」と蟹江は頬をふくらませて、鰈のために弁護しました。「僕なんかはこの魚が大好きだよ。味も良いし、やわらかだし、栄養も豊富だしさ」

「栄養たっぷりかも知れないが、顔が歪んでひねくれてるねえ」猿沢はライターを取出して、カチッと火をつけました。「うちでは、その魚は、もっぱら猫が食べる」

その時奥の椅子で久美子が、かすかに笑ったような声を立てたものですから、蟹江は急に面白くないような気分になって、箸《はし》を置こうとしました。すると莨《たばこ》の煙の向うから、猿沢はにやにやと笑って、あやまるように掌《て》をふりました。

「いや、失礼、失礼。べつに君の肴に、ケチをつけるつもりじゃなかったんだ」

「僕だって、ケチをつけられたとは、思っていないよ、猿沢君」

ついうっかり相手の名を言ってしまって、蟹江は照れかくしにコップをぐいとあおりました。猿沢は笑いを浮べたまま、その動作をじっと見守っていましたが、やがて蟹江がコップを卓へ置くと、こんどは視線をそこに移して、コップの中で揺れる透明な焼酎の色を、もの珍らしそうに眺め始めました。その眼付や真赤になった鼻の色からしても、猿沢はもう相当に酔っているらしいのでした。

「ねえ」やがて猿沢は視線をそこに定めたまま、相談でももちかけるように、低い調子で口を開きました。「もしもだね、メチルで盲目になったと仮定する。もちろん仮定だよ。その時君は、アンマになろうと思うかね。それとも琴《こと》を勉強して、その方面の師匠になろうと思うかね？」

その時の猿沢の顔がへんにまじめな表情だったので、蟹江はふと返答にまごつきました。

「仮定の問題には、ちょっとお答え出来ないけれど——」なんだか圧迫されるような気分になりながら彼はどもりました。「な、なぜそんなことを聞くんだね？」

「いや、今ふっと思いついたのさ」と猿沢は視線をゆっくりともどしながら、妙な笑い方をしました。「二つのものから一つを選ぶということは、これはなかなか大変なことだからね。つまり、芸術家か、生活人か、という問題だ」

「じゃ君なら、どちらを選ぶ？」

俺のコップを眺めながらそんなことを思い付くなんて、まるでこの焼酎がメチルみたいじゃないかと、やっとその時そう気がついて、蟹江はすこし中《ちゅう》っ腹《ぱら》な調子で反問しました。

「僕かい? 僕はね――」

猿沢はそこでふいに言葉を切り、自分の徳利をちょっと振ってみて、ずるそうににやりと笑いました。なにか魂胆ありげな表情なのです。そして奥へ顔をむけ、いやらしい猫撫《ねこな》で声を出して、久美子に呼びかけました。

「お久美ちゃん。お銚子をどうぞもう一本」

「はい」

返事をして調理場に入ってゆく久美子の後姿を、猿沢の眼がじっと追っていました。なんだか妙に粘《ねば》っこい眼付だと、蟹江はすこし厭《いや》な気持になりました。厭な気持になる理由が少しはあったのです。そして思わず、ぐふんと鼻を鳴らしました。すると猿沢は急に顔をこちらにむけ、まるで怒《おこ》ったみたいな表情になり、押しつけるような低声でささやきました。

「君はお久美が好きなんだろ。え、蟹江君」

ちゃんとこちらの名前も知っているのです。蟹江の肩はびくりと動き、見る見る顔がまっかになりました。それはまったく図星だったからです。すると猿沢はにやりと顔をくずし、押っかぶせるように、わけの判らないことを言いました。

「それじゃ彼女も、二者択一というわけだ」

「それでさっきのメチルのことは――」

蟹江はすっかりどぎまぎして、こんなとんちんかんなことを言いました。そこへ久美子が徳利を持って出てきたものですから、猿沢もにわかに態度をつくろって、それに調子を合わせるような言葉つきになりました。

「僕はアンマだね。まあそういうことだ。ところで君は芸術派なんだろう？」

猿沢の盃にお酌《しゃく》する久美子の小麦色の横顔が、急にまぶしいような気がして、蟹江は黙って眼をぱちぱちさせました。すると猿沢は戸の軋《きし》るような声を立てて、意味もなく笑い出しました。その笑い声が、蟹江のかんにさわったのは、もちろんのことです。その蟹江の前に、猿沢は右手をにゅっとつき出して、握手を求めるような恰好をしました。

「さあ。これをご縁に、君と友達になることにしよう。いいだろうね、蟹江君」

二

その夜のことを考えると、蟹江はどうもうまくはかられたような、そんな気がしてならないのでした。ちゃんと会話のだんどりをつけ、こちらを充分混乱させ、そしてずばりと図星をさして来た。その老獪《ろうかい》なやり口を思うと、蟹江はまったく忌々《いまいま》しい気分になってきます。しかしこれは忌々しがってばかりもいられないことでした。

『あいつも久美子に惚れているらしい』

そのことを思うと、蟹江はいても立ってもいられないような気持に、駆り立てられてくるのです。それはまだ、当の久美子にも打ちあけてないのですが、蟹江の胸中に、半年前からはぐくまれていた恋なのでした。それを今更、横合いからうまうまと奪い取られては、全くたまった話ではありません。

『早いとこどうにかしなければならない』

と蟹江は本気で思う。どうにかしなければ、と言うのは、機会をとらえて久美子に結婚を申し込み、夫婦になってしまうということでした。つまり蟹江はその頃、独身だったのです。

三十六歳にもなって独身だというのも、少々わけがありました。実は蟹江にもかつては妻があったのですが、兵隊で五年も外地に引っぱられ、やっとのことで復員してくると、妻は見知らぬ男と一緒に生活していたのです。復員姿のその蟹江にむかって、彼女は平然と言いました。

「なんだ、生きてたの。死んだとばかり思ってたのに。でも、もう遅いわ。ぜんぜん遅刻だわ」

ぜんぜん遅刻だわとは何事だと、蟹江はたいそう腹を立てましたが、もう仕方がありません。そこでこの薄情な先妻を断念して、余儀なく独り身となったのです。独身生活も初めこそさばさばして、楽しいようなところもあったのですが、その中《うち》にだんだん侘《わび》しくなり、少々やり切れなくなってきたところへ、こんどは『すみれ』の久美子が現われたというわけなのでした。

蟹江の勤め先は、ある私立図書館です。彼はそこの貸出係りでした。古ぼけて小さな図書館ですから、入館者の数もすくない。したがって貸出係りも、しごく閑散な仕事でした。貸出台の向うに坐って、一時間のうち一度か二度立って書庫に入るだけで、あとはただじっとしていればいいのです。蟹江はこの職場が気に入っていました。暇《ひま》な時間がたくさんあって、しかも本が存分読めるからです。ただひとつの欠点は、月給が多くないということですが、仕事がらくなんだから、これは仕方がない話でしょう。書庫の万巻の蔵書がタダで読めることで、充分におぎないがつく。そう思って彼は諦《あきら》めていたのですが、『すみれ』に久美子が現われて以来、単純に諦めてばかりはおれなくなった風《ふう》です。久美子の顔を見るには、それ相当の飲み代《しろ》が必要だという訳でした。

久美子は暖国の生れらしく、色のあさぐろい眼のぱっちりした女でした。顔立ちは面長で、多肉果実の種みたいにすべすべした肌をしています。しかも割に無口で、おとなしそうな感じなのでした。蟹江が久美子に好意を感じたのも、別れた先妻があまりおしゃべりでガラガラ女でしたから、反射的にそんな久美子に心が動いたのかも知れません。

『あんな女を女房にしたら、具合よくゆくかも知れないな』

二三度『すみれ』に通ううち、もはや蟹江はそう思うようになっていました。平穏なる家庭的平和。蟹江がぼんやりと望んでいるのは、それなのでした。久美子に求婚し、家庭へ迎え入れる。それをさまたげる事情は何もないのに、半年も蟹江がためらっていたというのも、実は彼は自分の容姿その他に自信がなかったからでした。自分は背も低いし、その癖いかり肩だし、眼はぎょろりと飛び出ているし、あまり取り柄のない男ぶりだということは、彼もちゃんと自覚していました。だからその点において、『すみれ』における猿沢の存在は、彼の胸をおびやかすに充分なのでした。

『しかしあいつには女房がいるではないか。全くけしからん』

相手の男に女房がいても、女心は動くものだろうか。小説なんかで見ると、動いたりすることも間々《まま》あるらしい、などと思うと、蟹江はじっと辛抱《しんぼう》できないような気持になってきます。あいつは俺より背が高いし、身なりも派手だし、金離れもいいと来ている。しかも口もうまいらしい。しかし、そんなことに、あの聡明そうな久美子が動かされるだろうか。不安なような気もするし、また大丈夫のような気もする。でも久美子はやはり、女房持ちの男よりも、独身男に共感と関心を持つんじゃないかしら。

蟹江がそう考えるのは、こんなことがあったからでした。メチル問答の夜から二十日《はつか》ほど前、彼が『すみれ』でひとりで飲んでいると、久美子が何を思ったのか彼の傍《そば》につかつかと近づいてきました。そして、しずかな声でこう言ったのです。

「あら、ボタンがとれかかってるわ」

電車でもみくちゃにされて、脱《と》れかかった外套《がいとう》のボタンを、久美子が眼ざとく見つけたらしいのでした。

「あたしが縫いつけてあげるわ」

そして針と糸でつくろってくれる間、蟹江は身体があたたかくなるような気分で、久美子の指の動きを眺めていました。心がうきうきして焼酎がいつもの倍ほども旨《うま》く感ぜられたくらいです。

「ありがとう。君は裁縫もうまいんだね」

ほほほ、と久美子は笑いました。そして親しそうな調子で言いました。

「あなた、独身なの？」

「ああ、そうだよ」

「不便でしょうね、ひとりだと」

そこで二人は独身ということについて、少しばかり会話を交しました。店の中はこの二人きりで、他には誰もいなかったのです。そのせいで無口な久美子も、彼に話しかける気持になったらしいのです。言葉を交しているうちに、あいにくとそこへがたがたと表の扉があいて、お客が一人入ってきたものですから、会話はそこで途切れて、久美子はそそくさと奥に引っこんでしまいました。蟹江はひどく残念な気持がしました。入ってきた客というのは、猿沢佐介だったのです。

『あの時、俺と久美子が親しげに話してるのを見て、猿沢は俺に因縁をつける気になったんだな』

しかし猿沢が久美子に興味を持っていようとは、彼は別に思ってもいなかったものですから、あのメチル問答の夜のことは、蟹江には相当のショックでした。

その夜以来、蟹江も二日か三日に一度くらいの割で、無理して『すみれ』に立ち寄るのですが、その度に必ず猿沢がでんと腰をおろしていて、章魚《たこ》の刺身か何かで盃を傾けているのです。そして彼の姿を見ると、

「やあ、蟹江君」

などと機嫌のいい、聞きようによっては勝ち誇ったような声で、あいさつをします。だから蟹江も自然と彼の傍にかける羽目となり、飲みながら世間話をするような恰好《かっこう》になってしまいます。しかし久美子のことについてはあの夜以来、一度も猿沢は口には出さないのでした。ただ態度でもって、蟹江を圧迫しようとする気配があるようでした。つまり蟹江の目の前で、久美子にむかって、わざとらしい親しげな口をきいてみたり、蟹江が鰈の煮付けだけで我慢しているのに、刺身だの酢の物だのをどしどし注文したり、まあ大体そんなことです。一種の神経戦術みたいなやり方でした。

こういう具合ないきさつで、日が経つにつれ、蟹江がいらいらしたり不安になったり

してきたのも、その巧妙な戦術に引っかかったのかも知れません。

昼間、貸出台に坐っていても、久美子と猿沢のことを考えると、彼は急に胸がどきどきしたり、背筋がつめたくなってきたりするのです。あの小麦色の久美子の肉体を、すでに猿沢のやつがものにしたかも知れないぞ、などと思うと、わっと叫び出したくなってくるほどなのです。だからなるべくそんなことを考えまいとして、貸出台にしがみついて、面白そうな小説本などを読み耽《ふけ》ってまぎらわそうとする。するとその小説が、近頃評判の新作家の姦通《かんつう》小説であったりして、とたんに久美子のことを思い出して、むしゃくしゃした気分になってしまう。

久美子にたいする控《ひか》え目《め》な慕情が、猿沢の出現以来、しゃにむにといった具合の熾烈《しれつ》な情熱に変化したのは、蟹江にとっても意外なほどでした。つまり競争意識というやつなのでしょう。奪い去られるかも知れないという危惧《きぐ》が、一挙に蟹江の情熱をかき立てたに違いありません。今久美子を失えば、自分の人生はもう終りだ。まったくそんな感じなのでした。それにつけても、何はともあれまず猿沢に手を引かせること、それが蟹江にとっては第一の問題でした。

『よし』そんなある日蟹江ははっきりと心に決めました。『ひとつ談判して、あいつにすっかり手を引かせてやる』

猿沢が素直に手を引くかどうか。それはいささか疑問でしたが、蟹江はいろいろ考えて、ひとつの切札《きりふだ》のようなものを発見していました。それはあの、以前綱渡り娘だったなどと噂されている、猿沢夫人のことでした。

猿沢夫人は痩《や》せぎすの、敏捷《びんしょう》そうな身体つきの女性です。顔は美しいけれどもやや険があって、それは牝豹《めひょう》か何かを聯想《れんそう》させました。蟹江はかねてから、この夫人は意地っぱりで嫉妬深い女ではないか、と見当をつけていました。きっと猿沢もこの夫人には頭が上らないに違いない。ねらいどころはそこだ。蟹江が考えついたのはそれです。これを効果的に利用して、猿沢の浮気心を粉砕《ふんさい》しなければならぬ。

この蟹江のねらいは、見事に成功したらしいのです。というのは、それから二三日後の夜のことでした。

勤めの帰りに『すみれ』に立ち寄って見ると、やはりその夜も猿沢が横柄《おうへい》な恰好で、しきりに酒を飲んでいました。あの夜以来、猿沢はここに毎晩入りびたっているらしい風なのです。もうすっかり酔っぱらっている様子で、顔をてらてらと赤くさせ、久美子をからかったりしているところでした。全くいい気なものだと、忌々しげに唇を噛《か》み、蟹江はその傍にそっと腰をおろしました。

それから一時間ばかり、蟹江は猿沢といっしょに酒を飲みました。胸に一物《いちもつ》あるので、蟹江はいつもよりコップの数を控え目にしました。肴はもちろん鰈の煮付けです。この頃では、黙っていても、久美子はこれを運んでくるのでした。

蟹江が猿沢にれいの談判を切り出したのは、その帰途、『すみれ』から二町ほど来た畠中道でした。彼はいきなりこう言ったのです。

「僕は久美子さんが好きなんだ。だから君は手を引いてもらいたい。だいいち僕の方が早いんだぞ」

十三夜の月明の畠中道を、猿沢はふらふらと歩いていましたが、いきなりそう切り出されて、さすがにぎくりとしたように振り返りました。しかし声だけは元気に言いかえしました。

「どちらが早いか、どうして判るんだ」

「こちらは半年前からだぞ。それに僕は真剣なのだ。君のは浮気に過ぎんじゃないか」

「なんだな」と猿沢はぐいと肩をそびやかすようにしました。「君は僕の自由を束縛するつもりだな」

「束縛するつもりではない」そして蟹江は効果をはかるように、一語一語をはっきりと発音しました。「とにかく、僕は、このことを、君の奥さんとも、相談しようと、思うんだ」

猿沢は黙って棒のように立っていました。しめた、と蟹江は思いました。すぐ返事が出来ないのは、相当にこたえたからに違いない。そうにらんだからです。しかし猿沢は、やがて気をとり直したように、大声で笑い出しました。気のせいか、それはなんだか虚勢をはったような響《ひび》きでした。

「よろしい。君の真剣さは判った」と猿沢は笑いのあいまに言いました。「それほど言うなら、僕は手を引こう。しかしそれには、交換条件がある」

「どんな条件だ？」

「君たちが結婚するとき、僕を仲人に立てること。それがひとつだ」

「ふん。まだあるのか？」

「そうさ。僕の『すみれ』の借金《かり》を、君が全部払ってくれるということ。まあそれだけだな」

こんどは蟹江が黙りこんで、月明りのなかに棒杭《ぼうぐい》のように突っ立ちました。しばらく二人の男の影は、つめたく乾いた畠土の上に、くろぐろと静止していました。長い方が猿沢の影で、短い方が蟹江の影です。やがてその短い方の影から、手の形の影がにゅっと突き出ました。

「よろしい。承知した」

蟹江がためらっていたのは、その条件を呑んで、しかも久美子に求婚を断られたら、背負わされた借金額だけまるまる損になる、その計算を考えていたからでした。すると猿沢も手をにゅっと出して、二人の掌はひたと握り合わされました。猿沢は念を押すように言いました。

「借金の方は、大丈夫払ってくれるだろうな」

「払ってやる。その代りあそこには、もう足踏みするなよ」

こうして話合いは成立したのです。つめたい夜気のなかで、瞬間蟹江は英雄的な感激をさえ覚えました。この男もなかなかいい奴だ。友達になってやってもいいな。そんなことを本気でちらと考えたりしたほどです。頭上の暗雲が吹き払われたような、久しぶりに晴れ晴れとした心持でした。

さて、その翌晩のことです。『すみれ』に立ち寄ってコップを傾けながら、さりげなく、猿沢の借金額を訊《たず》ねてみると、なんと一万二千円もたまっているというのです。せいぜい千円か二千円と予想していた蟹江は、すっかり動転して、箸ではさんだ鰈の煮付けを、とたんに土間におっことしてしまいました。

「一万二千円だって？」

「ええ、そうよ。この頃毎晩なんですもの」と久美子はいぶかしげに答えました。「なぜそんなことを気にするの。他人のことじゃないの」

「それが、まったく、ひとごとじゃないんだ」

と蟹江は眼をぎょろぎょろさせて、唇をかるく噛みました。その唇の端《はし》にふき出た唾《つば》の泡《あわ》を見ながら、久美子は再びやさしく訊ねました。

「なぜひとごとじゃないの。あなたが払うとでも言うの？」

「実はそうなんだ」

「どういうわけなの、それは」

蟹江は困惑した風にうつむいて、黙り込んでしまいました。しんとした沈黙がきて、夜風が軒をわたる音だけが、さらさらさらと鳴っています。うつむいた蟹江の視線は、うすぐらい土間におちていました。そこには先刻取落した鰈が、ぐしゃっと潰れたようなみじめな顔付で、蟹江をしずかに見上げているのでした。

腹の中が急に熱くなるような気がして、蟹江はぐいと顔を上げました。そして背後から駆り立てられるみたいに、勢いこんで顔を充血させ、ぺらぺらとしゃべり始めました。

その夜遅く、蟹江四郎は日記帳に、次のごとく書き込みました。

『夜すみれにおもむき、久美子に予が衷情《ちゆうじよう》を打ち明く。久美女それを諒《りよう》とせり。帰来、いささか虚脱《きよだつ》を感ず。幸福とはかくのごときものか』

実際なんだかがっかりしたような気分でした。なんでそんな気分になるのか、自分でもはっきりしないのでした。それから彼は、しきりに考え考えしながら、更につづけて書き入れました。

『思うにこの世は仮の世なり。約束の上においてのみ成立するものなり。すなわち人生は演技なり。それには舞台装置も少々必要とするなり』

なんだか妙にむずかしくなって、何を書いているのか我ながら判らなくなってきたものですから、彼は舌打ちをして、日記帳をばたりと閉じました。そしてうっとうしい顔付になって、大きく背伸びをしました。実はこの日記文の古風なスタイルは、某文豪の日記の文体の模倣なのでした。彼はそれを頃日《けいじつ》貸出台で読み耽り、すっかり影響を受けてしまったという訳です。しかしどうもこういう文体では、現代的な憂愁を表現するのは、ちょっと至難なことのようですな。

それから日が経って、すこしずつ暖かくなってきました。

あれ以来、猿沢佐介は感心にも約束を守って、『すみれ』ののれんをくぐらない様子でした。それと同時に蟹江四郎の姿も、ひと頃ほどしげしげとは出入りしなくなったのです。それは猿沢の借金を支払うために、勤め先で金を借りたものですから、月々の給料からそれをさし引かれ、飲み代が捻出できなくなったからでした。

やっと春になって、二人はめでたく結婚式をあげました。結婚といっても、行李《こうり》一個と共に久美子の身柄が、『すみれ』から蟹江の家に移動しただけの話です。しごくお手軽なものでした。結婚式も蟹江家でおこない、近所の人を小人数招き、約束通り猿沢が仲人に立ちました。猿沢佐介は『高砂《たかさご》や』はど忘れしたというので、その代りに『鞍馬《くらま》天狗《てんぐ》』をうたいました。『花咲かば告げむと言ひし山里の』というあのくだりです。なかなか音吐《おんと》朗々《ろうろう》たる声で、なみいる者は皆すっかり感服したらしい様子でした。

こうして蟹江と久美子の生活が始まったわけです。しかしその生活も、一年半ほどつづいただけで、突然ぴたりと終りを告げました。と言うのは、久美子が秋口の風邪をこじらせて、とうとう肺炎をおこし、はかなくも死んでしまったからです。

この非運に際して、もちろんのこと蟹江は嘆き悲しみました。涙がはてしなく流出して咽喉《のど》が乾くので、彼は水を飲んでは泣き、水を飲んでは泣き、一日中とめどもなく虫のように泣いていました。久美子が死んだことも無論悲しいが、安穏な家庭的平和がすっかり自分から去ってしまった、そのことが彼の胸をきりきりとかきむしってくるのでした。蟹江という男は、その真底においては、このように自己中心的な感じ方をする男なのです。彼はその風貌《ふうぼう》において貧しいのに、どこかしたたかな感じがするのも、おそらくそのためなのでしょう。

『おれも良き夫であったが——』と悲しみの底で彼はしみじみ呟きました。『久美子もおれの良き伴侶だった』

悲哀がいつか疲労にかわり、その味気ない疲労にもやがて慣れ、そして一箇月《かげつ》ほど過ぎました。

ある日曜の昼間、久美子の遺品を整理していると、行李の中から、一冊の帳面が出てきました。表紙を見ると、『かりそめ日記・蟹江久美子』と書いてあります。久美子の日記帳らしいのでした。その字を見ると、蟹江はとつぜん涙が出そうになってきて、あわてて天井を向いたり、外の景色を眺めたりしました。そして二三分して、やっとその頁《ページ》をめくり始めました。

ある頁までくると、いろいろ動いていた蟹江の表情が急に凝ったように固まり、視線も同じところを何度も往復するようでした。やがて疑惑と困惑のいろが、彼の顔面にぼんやりとただよい始めました。

三

『私はＳを愛している』

とその頁には書いてあるのでした。

『Ｓは私の不幸をなぐさめてくれる。そのなぐさめによって、やっと私は生きている』

蟹江は胸に不吉な鼓動をかんじながら、先に読み進みました。

するとと次の頁の中頃に、日付がかわって、

『七月十五日。本日は晴天なり。

昼間よその黒猫が来て、台所から鰈を盗って逃げる。あの猫に盗られるのも、これでもう三度目だ』

そして一行あけて、

『あたしはＳの背中が好きだ。Ｓの背中は広くてがっしりしている。

その背中のまんなかあたりに、小さな茶色の痣がある。直径は一センチメートル位かしら。そこに縮れた毛が三本生えている。抱くと私の指がそれに触れる。その感触。痣には表情がある。悲しい表情。うれしい表情』

また一行あけて、こんどは詩みたいな形式で、

『痣は背中のまんなかだ。
痣は背中の定紋《じょうもん》だ。
あたしの愛の表章だ』

胸がわくわく鳴り、背筋がじんじんしびれてきたものですから、蟹江は思わず視線を宙に浮かせました。眼がぎょろりと不安げに光って、それはまったく沈鬱な表情でした。それからなにか脅えたように部屋中をぐるりと見廻しました。

『どうも俺には理解できないようだ』と彼は口の中でもそもそ呟きました。『S。Sとは何だろう？』

突然耐えがたくなってきたものですから、蟹江は大あわてで日記帳を閉じ、それを行李の中にもどしました。そして行李を押入れの中に入れてしまうと、また部屋のまんなかに戻ってきて、肩をそびやかして大あぐらをかきました。そうしても何だか不安で、追い立てられるような気持はやみませんでした。

『結婚。結婚とは何だろう。何だったのだろう？』

彼は苦しそうにうめきました。四五日前、図書館で読んだ哲人の書物のなかに、結婚とは人間のグレガリアスハビット（群居性）の一形式に過ぎない、とあったのを、ふと思い出したのです。それから突然立ち上って、部屋の隅の机の引出しから何かを取出し、またそこにへたへたと坐りこみました。それは蟹江自身の日記帳でした。

「たしか七月十五日だったな」

そう呟きながら、彼は自分の日記帳をぺらぺらと忙しくめくりました。七月十五日のところをあけると、彼はじっとそこに眼を据えました。そこにはこう書いてありました。

『七月十五日。晴。暑き日なり。

帰途、電車の中にて、臼井《うすい》君と一緒になる。あいたずさえて駅を降り、畠中道を家路に急ぐとき、一陣の風来たりて、臼井君のカンカン帽《ぼう》を吹き飛ばす。臼井君大いに周章狼狽してそれを追う。

予すなわち抱腹絶倒せり』

俺が何も知らずに抱腹絶倒などしていた同じ日に、久美子はSの背中の痣をまさぐったりしたのだな。悲痛な色をうかべて、蟹江はそう思わざるを得ませんでした。するとあのおとなしそうな、あさぐろい久美子の顔が、今までとは違った印象として、胸に浮び上ってきました。その顔は彼の想像のなかで、にこやかにわらっているのでした。悲嘆と憤怒《ふんぬ》と哀憐《あいれん》の念が、嵐《あらし》のように彼の心をみたしました。哀憐の念というのは、久美子に対してと言うより、おもに裏切られた自分自身に対してです。それ以来彼は、ぼんやりしている時とか、印刷物の中にSという活字を見た時などに、ふとそのことを思い出して、そっと唇を嚙むのでした。誰かに相談したり、打ち明けたりする訳にも行かないのです。それは自分の愚かさを相手に知らせるだけだからです。とにかく自分だけで、Sの正体を糺明《きゅうめい》しなければならぬ。Sとは何か？　それにしきりに考え耽っていて、つい電車を乗り越《こ》すことさえありました。Sとは何か？

こうして、猿沢佐介の存在が、ふたたびひとつのわだかまりとして、彼の胸に登場して来たわけでした。

いつからSという字が、猿沢佐介の影像とむすびついたのか、蟹江にもよく判らないのです。ふと気がついてみると、彼は心のなかで、猿沢佐介をSという字に代置して、ぼんやりと考えているのでした。あるいはそれは夢の中でむすびついて、それがそのまま起きている意識に、引きつがれたのかも知れません。いつかの夜、そんな夢を見たような気がする。そう思って、いろいろ記憶を探ってみるのですが、どうも憶い出せない。はっきりしないのでした。

『しかしそれが結びついた以上――』と彼は考えたりするのです。『俺はいつの瞬間か意識の奥底で、猿沢佐介をはっきりと想定したに違いない』

想定した根拠は判然しないとしても、考えてみると、いろいろ疑わしい怪しいような節もある。第一猿沢佐介という名前は、その発音の響きからしても、Sのかたまりみたいな名前だ。まったくS的な名前ではないか、と蟹江は思います。それに重大なのは、猿沢佐介がかつて久美子に惚れていた、ということでした。あの縮れた毛の三本生えた、厭らしい温泉マークみたいな痣は、あの猿沢佐介の背中に貼りついているのではないか？

仲人をしてもらった関係上、蟹江夫妻は猿沢夫妻とかなり親しくなり、お互いの家にも訪問し合うようになっていたのでした。土曜日の夜などは、必ず、猿沢家を訪問して、麻雀《マージャン》の卓を囲むのが例になっていたほどです。少額の金を賭《か》けてやるのですが、蟹江は下手《へた》なので、いつも負けてしまう。ところが久美子はなかなか上手《じょうず》で、上手というより運が良くて、いつもトップか二位を占《し》める。だから蟹江家としては、損することより、得することの方が多かったくらいです。

猿沢夫妻は、ことに猿沢佐介は、久美子にたいして大層親切でした。久美子がトップになると、猿沢は愉快《ゆかい》そうに笑ったり、お見事お見事とほめたりするのです。ところが、蟹江がまぐれ当りして一位になっても、猿沢は決してほめたり笑ったりしない。ふん、といった顔をするだけなのです。

仲人になってもらって以来、親しくつき合うようになっても、今思うと、猿沢佐介はどうも蟹江に対して、妙な隔《へだ》てがあるようでした。つまり、わだかまりみたいなものが、猿沢にはあったようです。その頃は、蟹江は、それをあまり気にかけていませんでした。照れくさがっているのだろう、と思っていたのです。まさか俺を嫉妬したり、憎悪したりするわけはないだろう。ちゃんと借金も払ってやったのだからな。しかも一万二千円も！

ところがその猿沢佐介が、久美子が死んで以来というものは、彼に妙に親切めいた言葉をかけたり、慣れ慣れしく動作したりするようになったのでした。あの久美子が死んだ日も、猿沢は彼の家にやってきて、泣いている彼の背中をたたきながら、

「ああ、泣くがいい。泣くがいい。泣いて悲しみをすっかり流してしまえばいいんだよ」

などと、猫撫で声でなぐさめてくれたのです。その言葉に刺戟《しげき》されて、彼はなおのことしくしくと泣きむせんだのですが、今思うと、どうもあの言葉の調子は、勝ち誇ったものが打ちひしがれたものに対する、ある優越感がこもっていたような気がする。しかもその優越感の底に、ある意地悪さがかくされていたようだ。

『どうもこいつは怪しいぞ！』

勤め先の貸出台に坐っていても、そんなことを考えてばかりいるものですから、さっぱりと読書の能率もあがりません。そして口の中で、もぞもぞと呟いていたりするのです。

『猿沢佐介の背中には、きっとひとつの痣がある。しかも縮れた毛が三本……』

自分が信じていた幸福が、全部虚妄《きよもう》になったのに、猿沢佐介の方はいっこう不幸にもならず、楽しそうに暮している。それが漠然と憎らしく、また嫉ましいのでした。つまり対人感情から言えば、『すみれ』で知り合った頃の状態に、蟹江はすっかり戻ったわけです。一方猿沢の彼に対する態度も、結婚中とは異って、妙に慣れ慣れしく横柄になってきたようでした。すなわち知り合った頃のそれと、ほとんど同じ態度です。鷹揚に見せかけて鼻であしらったり、老獪な冗談を弄《ろう》して彼を困らせたりする。それが蟹江のかんにさわるし、また漠然たる疑惑をうえつけたりするのでした。これはあるいは老いたる独身者の、意味もないヒステリー状態とでも言いますか。しかし久美子の日記の中の『S』の字は、今や万鈞《ばんきん》の重みをもって、彼の全生活を押えつけているのでした。

『とにかく一度こいつの背中を見ねばならぬ』

ある土曜日、猿沢の家で酒の馳走になりながら、彼は強くそう思いました。久美子の死後も、それまでの慣習上、彼は毎土曜猿沢家を訪問し、夕飯や酒をご馳走になっていたのでした。

『それも早急にだ。来年の夏まで待つというわけには行かない』

食卓のそばでは猿沢夫人が、子供を寝巻に着換えさせていました。もうそろそろ夜は寒いので、それはネル地の寝巻です。猿沢好みの派手な柄でした。その時ちらと子供の背中が見えたのです。すべすべと柔かそうな、しみひとつない小さな背中です。それからすぐ猿沢佐介の背中を聯想して、蟹江はそう考えたのでした。

「背中が出たよ。早く着せなさい、風邪を引いてしまう」

と猿沢が盃をふくみながら、夫人に注意をしました。猿沢が『背中』という言葉を発音した時、蟹江はかすかな身慄《みぶる》いをかんじました。

少し経って、蟹江はわざとらしくせきばらいをして、掌を肩にあてぐりぐり揉みながら言いました。

「どうも近頃、肩が凝ってねえ」

「揉んでくれる人がいなくなって、気の毒だね」

と猿沢はかるく受けました。猿沢の顔は、鼻を中心として、もう相当あかくなっていました。そろそろ酔っている証拠です。

「背中ってやつは、どうも厭だよ。ほんとに意味がない」

と蟹江は遠廻しに背中に話題を持ってゆきました。

「なぜだい？」

「なぜというとだね――」蟹江はちょっと考えて「背中ってものは、人間の身体のなかで、一番広い面積を占めているだろう。人間の表面積の四分の一はあるだろうね」

「そう言えばそうだね。地球におけるシベリヤみたいだね」

「それだのに、だ」と蟹江はすこし勢い込みました。「背中というものは、ほとんど人間の役に立たない。僕たちが背中を使用するのは、椅子によりかかる時と、寝る時位なものだ。それも、椅子なんかに腰かけないで、坐れば済むことだし、寝る時も、横向きに寝れば、背中は使わずに済む。そいじゃ背中というのは、何のためにあるんだ？」

「しかしだね」と猿沢は年長者らしい落着きを見せて言いました。「背中がないと、人間は困りはしないかな。胃や肝臓や肋骨が、うしろから丸見えになったりして」

「ほんとに意味ないよ、背中というやつは」と蟹江は横眼を使って、猿沢の様子をじろりと窺《うかが》いました。「たとえばさ、腹にはお臍《へそ》というものがあって、しめくくりがあるだろう。ところが背中はのっぺらぼうで、中心が全然ない」

猿沢夫人が傍でくすくすと笑いました。そこで蟹江は追い討ちをかけるように、言葉をつぎました。

「もっとも人によっては、あるかも知れないね。たとえばホクロみたいな――」

「そりゃあるかも知れないね」と猿沢は退屈そうに小さく欠伸《あくび》をしました。「それはそうと、君は近頃すこし瘦せたようだね。やはり自炊では、充分栄養がとれないのかな」

もう一息というところで、話題がそっちに行ってしまったものですから、背中のことはお流れになってしまいました。蟹江はすこし残念でした。あの猿沢夫人のくすくす笑いはどうも意味ありげだったな。ひょっとすると、亭主の痣を思い浮べたんじゃないかな、などと思ったりしたのです。

この夜あたりをさかいとして、蟹江の生きている情熱は、はっきりとひとつの形の目標にそそがれるようになったようです。つまり、猿沢の背中に痣があるかないか、その一点なのでした。人間の生活の情熱というものは、あちこちに分散する傾向よりも、ひとつの核にまとまりたがる傾向が、強いのではないでしょうか。たとえば真珠貝の体液が、なにか異物をとらえて、真珠玉を形づくりたがるような具合です。しかもその異物は、砂利《じゃり》であろうとガラスのかけらであろうと、とにかく形があるものでありさえすれば何でもいいのです。どんなばかばかしいことにも、人間が情熱をそそぎ得るのは、一体にそういうからくりではないでしょうか。Sの痣は、蟹江にとって、まさしくそういうものなのでした。亡妻への追慕、虚妄化された幸福、今の味気ない日常、世俗的な幸福への漠然たる嫉妬、それらの混然たる総量が、幻の痣を核としてぎっしりと凝集《ぎょうしゅう》してしまったというわけでした。この痣のことさえ解決すれば、同時にすべてのことが解決する。まあ言ってみれば、そんな気分なのです。まったくそれは一種の宗教的情緒みたいなものですな。

『とにかく一度、猿沢の背中を見ねばならぬ』

しだいに冬が近づくし、そうすればだんだん厚着になるし、裸の背中をのぞき見る機会は、ますますなくなってくるのです。その点において、蟹江は一種のあせりを感じていました。あるいは彼は、自分でも意識しないところにおいて、そのあせりを楽しんでいたのではないでしょうか。知ってしまえばそれまでで、すべては終ってしまうのです。だからこそ蟹江の胸には、猿沢の背中を見たくないような気持も、うすぐろい翳《かげ》のようにぼんやりとうごいているのでした。しかしそれはやはり、見なければならないものなのでした。出来るだけ機会をつくるべく努力しなくてはならないのです。情熱が指し示す通りに。

平穏に、無事に、日々が過ぎて行きました。

ある土曜日の夜九時頃、猿沢家の居間の長火鉢《ながひばち》をはさんで、猿沢夫妻がこんな会話を交しておりました。

「蟹江さんも、奥さんがなくなってから、すこし変ね。なんだか気味が悪いわ」

「そうだね。元からちょいと変な男だったが、この頃はとくに妙だね」

「あんまりガッカリしたので、頭のねじが狂《くる》ったんじゃないかしら。時々突拍子《とっぴょうし》もないことを言い出したりしてさ」

「あのぎろぎろした眼付が、第一おかしいね。しばらく相手にしないがいいかも知れないな」

「だって向うからやって来るんですもの」

「だからサービスを悪くするんだな。あの男はすこし甘えているよ。世の中はそんな甘くないことを教えた方がいいと思うね」

　そこへ玄関ががらがらとあいて、ごめん下さいと言う声と共に、当の蟹江四郎が入ってきました。それはすこしばかり浮き浮きしたような声でした。そのままのこと居間にあがってきました。すこし酔っているようです。

「あら、いらっしゃい」

　と猿沢夫人は愛想いい口調で答えました。猿沢はちょっと会釈しただけで、だまって爪楊枝《つまようじ》をしきりに使っていました。これは主に、食事がもう終ったということを蟹江に示すためです。

「寒いね」と蟹江はにこにこしながら長火鉢に手をかざしました。「しずかな淋《さび》しい晩だねえ」

「そうだね。久美子さんでもいれば」と猿沢は爪楊枝を襟《えり》につきさして答えました。

「麻雀でもやるところだが」

「三人ではねえ」と夫人は残念そうに口をそえました。「麻雀もできないし」

「ほんとに残念だ」と蟹江が相槌《あいづち》を打ちました。「じゃ五目並べでもやろうか」

「やりたいけれど」と猿沢。「碁盤《ごばん》がないんでねえ」

「あっ、そうか。じゃ君は将棋《しょうぎ》は指せるだろう」

「そりゃ指せるさ。そう言えば、君とはまだ指したことがないな。ひとつ指してみたいもんだねえ。でもねえ――」

「駒も盤も実はないんですのよ」と夫人が引きとりました。「買っとけばよかったですね」

「駒は僕が持ってきたよ」

蟹江はにこにこしながら、ポケットから紙箱を取出しました。見ると、それは玩具屋《おもちゃや》などで売っている、あのお粗末な将棋の駒でした。そしてもう卓の上にがさがさと紙の盤をひろげてしまったのです。

猿沢夫妻はちょっと顔を見合わせました。しかし蟹江がぱちぱちと駒を並べ始めたものですから、猿沢もやおら体を動かして、蟹江に向き合いました。

「さて、いくら賭けるかな」

決心をつけたと見えて、猿沢がそう言いました。いどむような声でした。

「そうさねえ。金を賭けるのも、もう倦《あ》きたねえ」と蟹江は並べ終ってじろりと猿沢の顔を見ました。「今夜はなにか変ったものでも賭けようか」

「変ったものって、何だね?」

「たとえばだね」蟹江はちょっと考え込むふりをしながら、やがてぽつんと言いました。「負けた方が裸になって見せる、なんていうのはどうだろうね」

「裸?」猿沢はにやりと笑いました。とたんに蟹江の裸の恰好でも想像したのでしょう。

「そりゃ面白そうだね。それで踊《おど》るのかい？」

「いや、寒いから踊らなくてもいいだろう。そこらを一廻りするだけにしよう」

「お止《よ》しなさいよ。ばかばかしい」と猿沢夫人がきんきんした声でさえぎりました。

「あんた方の裸を見たってぜんぜん面白くないわ。それよか、やはり一局二百円ということにしなさいよ」

「うん。それにしよう」

蟹江が口を開く前に、猿沢がそう言ってしまったものですから、蟹江は口をもごもごさせて、不承不承黙ってしまいました。顔がぽっとあかくなって、なんだかとたんに面白くなくなったような表情です。

それでもまず蟹江が角道《かくみち》をあけ、猿沢が飛車先の歩《ふ》を突いて、戦いが始まりました。両方とも黙々と口をつぐみ、しきりに駒を動かしています。駒組が変化してゆくにつれ、しだいに両者の闘志《とうし》もたかまってゆくらしいのでした。ことに蟹江は肩をそびやかし、見るからに力闘という恰好になってきました。

猿沢夫人は編棒をとり出して来て、傍で編み物を始めていました。部屋の中はしんとして、駒を動かす音だけが、時々さらさらとひびくだけです。ふとその音が途絶えたので、夫人が顔を上げて見ると、猿沢佐介は困惑と口惜《くや》しさを押しかくした老獪な微笑をたたえ、じっと盤面をにらんだり、蟹江の手許《てもと》に置かれた持駒をにらんだりしていました。どうも形勢が悪いらしい風でした。

やがて猿沢は、蟹江の持駒にじろりと一瞥《いちべつ》をあたえながら、初めて低い声で言いました。

「蟹江君。君のその桂馬を、三十円で売ってくれないか」

蟹江はびっくりしたように顔を上げました。それから盤面を見渡して、何かしきりに計算している様子でしたが、しばらくして思い切ったように答えました。

「よかろう。その代り、現金だよ」

そこで猿沢は十円札を三枚ぱっと出して、桂馬を買い取り、それをパチッと盤面に打ちました。

それから少し経って、猿沢はまた現金を出して、蟹江の銀と歩を買いました。それからまたまた、香車を二十円で買ったりしました。蟹江は現金がどしどし入るものですから、にこにこして持駒を手渡しました。

それから三十分ほど経ちました。編み物をしていた夫人がまた顔を上げると、こんどは蟹江が深刻な顔をして考えふけっていて、見ると猿沢の手許には、十枚余りの持駒がうずたかく積まれているのでした。猿沢は得意げに天井を向いて、莨《たばこ》の煙の輪をふうっとはき出したりしているのです。

「猿沢君」やがて蟹江はいくらか口惜しげな調子で言いました。「桂馬をひとつ、ゆずってくれないか」

「ああ、いいだろう。五十円だよ」

「五十円？」と蟹江は眼をぎょろりとさせました。「そりゃすごく高いな」

「うちじゃそんな値段なんだよ」

と猿沢は平気な声で言いました。蟹江はすこしためらっていましたが、しぶしぶ五十円出して、桂馬を受取りました。

それからも形勢はあまり良くならないと見えて、蟹江はしきりに身もだえして、その度に香車を買ったり歩を買ったりしました。それにもかかわらず、猿沢の持駒はますます多くなる風で、彼はそれを整理して一列に並べ、歩などは三個一山に積み重ねたりしていました。これは、歩は一山三十円だというわけでした。

それから盤面がどしどし変化し、二十分後には、駒をいくつも買った甲斐もなく、蟹江の王様はほとんど裸になってしまいました。蟹江は唇を嚙んだり、低くうなってみたり、すっかり頭が充血して、あたりもはっきり判らないような風でした。盤面をぎろりと睨《にら》みつけたまま、うめくような声で訊ねました。

「金《きん》はいくらだね？」

蟹江の王様は王手がかかっていて、なにか強力な合駒が必要なのです。猿沢はちょっと考えて、そして落着いた声で答えました。

「金は、すこし高いよ。百十五円ぐらいかな」

「そりゃあ高いなあ。ちょっと高すぎるよ」

「でもそんな相場なんだよ」

「それじゃ訊ねるけれど、角なんかは？」

「角は百四十円で、飛車は、そうだねえ、百六十五円だ。王様は、これは持駒じゃないが、もし売るとすれば、二百五十円ぐらいに負けとこう」

「なに。二百五十円？」

そう言いながら、蟹江は猿沢の王様を、にくにくしそうに見詰《みつ》めました。見詰めているうちに、その王将の駒が、ふと猿沢の顔に見えてきたのです。その王将をつまみ上げ、その背中をしらべてみたい、そんな衝動がちらと蟹江の胸を走って、ふっと手が出そうになったのです。その時猿沢の落着いた声がもどってきました。

「そう。二百五十円だね。なにしろ王様だからね」

よっぽど二百五十円を出して、敵の王様を買い取ってやろうかと蟹江は思ったのですが、なにしろ勝負の賭け金が二百円ですから、その損得を考えて、やっと踏みとどまったのです。

傍で猿沢夫人が、大きなあくびをしながら、うんざりしたような声を出しました。

「まだ勝負がつかないの。ずいぶん長い勝負ねえ。あたしお先にやすませていただこうかしら」

——蟹江と猿沢の土曜日の会合は、近頃は大体こんなものです。こんな調子ですから、蟹江が猿沢の背中を見るのは、ちょっといつのことになるか判りません。

でも、もう蟹江は、猿沢の背中は見ない方が、いいのではないでしょうか。猿沢の背中に痣があっても、蟹江は不幸になるし、ないとすれば、なおのこと不幸になるに違いありません。考えたり空想したりするだけで、実際には見ない方がいいようなものが、この世の中にはたしかにあるのです。『Sの背中』も、もはやそのひとつでしょう。そう私は思います。

解説

荻原魚雷

梅崎春生は『桜島』のような重厚な戦争文学を書くかとおもえば、『ボロ屋の春秋』のような市井の暮らしをユーモアまじりに描いたお茶の間劇も書く。他にも童話っぽい作品やミステリー風の小説も書いた。時期によって作風も文体も変わる。それゆえとらえどころがない。どんな作家なのか容易に説明できない。

梅崎春生は一九一五年二月福岡生まれ。一九六五年七月、肝硬変により急逝。享年五十。作家生活は約二十年だが、多彩な小説を世に残した。

『ウスバカ談義』(番町書房)は没後の一九七四年に刊行(旺文社文庫版は一九八三年。同文庫は「Sの背中」未収録)。ユーモア短篇十一篇——初出を見ると一九五二年から最晩年の一九六五年、三十代後半から五十歳までの短篇が収録されている。

同書の「ウスバカ談義」「益友」「孫悟空とタコ」「落ちる」には山名君という男が登

場する。山名君は主人公も脇役もこなす人物である。

たとえば「益友」では山名君のこんな経歴を紹介している。

「十四年前、彼は復員して上京、ある画塾に通いながら、片や生活のためにヤミ屋をやっていたそうだ」

ヤミ屋は闇屋。戦後の統制で入手難の品物を仕入れ、闇相場で売ったり買ったりする商人のこと。「落ちる」の山名君は「終戦後しばらくして以来の知合い」で「何か足りないとか、困っていることがあるというと、たちまちかけつけて、物資を都合したり困難を解決して呉れる」人物として登場する。梅崎家の愛猫カロも山名君が連れてきた。とにかく梅崎作品には「山名もの」というジャンル名がつくほど、山名君が作品の垣根をこえて活躍する。作品によって職業がちがうこともあるが、この人物にはモデルがいる。

画家の秋野卓美である。秋野は遠藤周作をはじめ、数多くの小説や随筆の装画を手がけている。

「寝ぐせ」の「友人の画家の秋山君」も秋野卓美のことだろう。「Q高原悲話」の「画家の卵」や「満員列車」の三十五歳の絵描きもそうかもしれない。

秋野卓美は小説のモデルだけでなく、梅崎家に住み着き、家事も手伝っていたそうだ。兄・梅崎光生は秋野のことを「面白い話を仕入れてくる名人」と評している。

さらに春生は兄に「自分の経験を書くより他人の話をもとにして書いた方が書き易い。想像力をふくらませることが出来るから」と語っていた（梅崎光生「春生追懐」／『幻花の人　梅崎春生』東邦出版、一九七五年）。

阿佐田哲也著『阿佐田哲也の怪しい交遊録』（集英社文庫）の「なつかしい雀友」の項に「秋野卓美さん」というエッセイがある。

「若い頃、梅崎春生さんと気が合って、梅崎家に居候していたのはよく知られた話である。梅崎さんの小説には秋野さんらしき人物がよく出てくるが、梅崎氏が直木賞をとった〝ボロ家の春秋〟も、実はあのボロ家は、当時秋野さんが住んでいた家であった」

「ボロ屋の春秋」は一九五五年に直木賞受賞。梅崎、四十歳。作中の「僕」は「世間知らずの一介の貧乏画家」という設定である。

なぜ梅崎春生は、この風変わりな絵描きを書き続けたのか。ちなみに梅崎自身は、大の怠け者で、学生時代も勉強せず、落第をくりかえし、就職してもすぐやめた。とにかく寝てばかりいる。

『ウスバカ談義』所収の「寝ぐせ」はこんなふうにはじまる。

「寒くなると、蒲団が恋しくなる。一旦蒲団に入れば、そこから出るのがいやになる」

仕事は一日平均二時間。友人の画家の秋山君にも「いくらなんでも、それはちょっと怠け過ぎですなあ」といわれてしまう。

「寝ぐせ」は「私」の精神状態をこんなふうに綴っている。

「ぼんやりとした憂鬱な気分、ろくな仕事をしていないと言う自責感、昔の失敗を思い出して胸をかきむしりたくなるような気分、その他いろいろのいらだちが重なり、外出もしたくなく人にもあいたくなく、私はごそごそと蒲団に這い込み、ミノ虫のようにじっとしているのである」

同作品の初出は「オール讀物」の一九五八年一月号。梅崎、四十二歳。一九五三年、三十八歳のころ、梅崎は「先天的無力体質」と診断されている。学生時代から何度となく気鬱に悩んできた。なお、「寝ぐせ」の文中の「発明家が出てくる小説」は『逆転息子』（講談社、一九五八年）である。

戦後の混乱期がすこしずつ収束していくにつれ、金の世の中になる。時代とともに、いい加減な人間が生きるための隙間がどんどん狭くなる。

画家や小説家といった自由業ですら、そうした社会の変化の影響は免れない。

梅崎春生は「私の小説作法」（『怠惰の美徳』中公文庫、二〇一八年ほか）という随筆で、戦後の作家の諸事情と自身の文学観のようなものを述べている。

「小説というものはだいたい十九世紀が頂点で、以後徐々に下降して行く傾向にある。小説家の幸福もその線に沿って下降して行く。個人の豊かな結実、その豊かさがだんだん減少し、貧弱になってゆく」

時代とともに小説家の仕事は細分化され、「機械の中の一本の釘」のようになっていくのではないか——梅崎春生はそんな予想を立てる。

「自分の内部の深淵、いや、本当は深淵ではなく浅い水たまりに過ぎないとしても、それをしょっちゅうかき廻し、どろどろに濁らせて、底が見えない状態に保って置く必要がある」

何を書くのか。どんな作品になるのか。自分にもわからない。小説、そして小説家にはそうした混沌が必要だというのが梅崎春生の持論である。

この世の迷い人のような若い友人の秋野卓美は小説の混沌を生み出す源泉だった——とするのはさすがに言い過ぎか。

梅崎春生の本の解説なのに秋野卓美の話ばかり書いているような気がするが、もうすこし続ける。

梶山季之責任編集の『月刊　噂』（一九七一年十二月号）の特集は「知られざる梅崎春生」。同特集の座談会「好奇の目を光らせた〝後列の人〟」は、梅崎光生、川島勝（編集者）、田辺孝治（編集者）、そして秋野卓美も参加している。

座談会の頁には、黒眼鏡に口髭、顎髭をたくわえた秋野の写真も掲載されている。

秋野は「怠けものといえば、怠けものかもしれないけれども、ただ、これで今月は生活できるとなったら、絶対に仕事しない人だったですね」と梅崎春生について語る。

秋野は一年の半分くらい梅崎の家に泊まっていた時期もあった。

そんな居候の目を通して世の中を見る。そこには梅崎自身の感覚や経験も加わっている。そんなふうにして「底が見えない状態」を作り出した。

友人の椎名麟三は「梅崎春生は、心底からの小説家であった。理屈をきらい、自分のいわば皮膚感覚を信じた」(『梅崎春生全集』第三巻、解説)と回想している。

『ウスバカ談義』の収録作は、ユーモア小説の形をとりながら、ちょっとした教訓や自戒めいたものが、ちらほら見られる。

「留守番綺談」の最後の古木君の台詞もそう。さらっと読めて、後からじわっと人生の不可解さのようなものが滲み出てくる。

「Sの背中」の教訓もわからないこと、知らないことをよしとしている。

一つの作品の中に明晰さと曖昧さが絶妙に混ざり合い、読者を煙に巻く。似たような話なのに読後感がちがう。

それも梅崎小説の「味」である。

本書は『ウスバカ談義』（一九八三年　旺文社文庫刊）を底本に、その親本となる『ウスバカ談義』（一九七四年　番町書房刊）に収録されていた「Sの背中」を再び加えたものである。

今日の人権意識に照らして不適切と思われる語句や表現が含まれるものもあるが、執筆当時の時代的背景及び文化的価値、著者が故人であることを鑑みて、そのままとした。

ちくま文庫

ウスバカ談義《だんぎ》

二〇二五年三月十日　第一刷発行

著　者　梅崎春生（うめざき・はるお）
発行者　増田健史
発行所　株式会社　筑摩書房
東京都台東区蔵前二―五―三　〒一一一―八七五五
電話番号　〇三―五六八七―二六〇一（代表）
装幀者　安野光雅
印刷所　信毎書籍印刷株式会社
製本所　株式会社積信堂

ISBN978-4-480-44010-5　C0195

詩人／人間の悲劇　金子光晴

常識に抗い、人としての生を破天荒に楽しみ尽くした反骨の男――その鮮やかな視界を自ら描きとる随筆と詩、二つの名作を一冊で。（高橋源一郎）

茨木のり子集　言の葉（全3冊）　茨木のり子

しなやかに凛と生きた詩人の歩みの跡を、詩とエッセイで編んだ自選作品集。単行本未収録の作品なども収め、魅力の全貌をコンパクトに纏める。

色川武大・阿佐田哲也ベスト・エッセイ　色川武大／阿佐田哲也　大庭萱朗編

二つの名前を持つ作家のベスト。文学論、落語からタモリまでの芸能論、ジャズ、作家たちとの交流も。阿佐田哲也名の博打論も収録。（木村紅美）

有吉佐和子ベスト・エッセイ　有吉佐和子　岡本和宜編

歴史から社会まで、幅広いテーマを扱った昭和を代表するベストセラー作家。その探究心、行動力を窺い知るエッセイやルポルタージュの作品集。

新しい天体　開高健

「景気調査」で食って食って食いまくれ！　銀座を起点に東西南北、日本の果てまで……1970年代を疾走する怒濤の食レポ紀行文学。（福澤徹三）

青空娘　源氏鶏太

主人公の少女、有子が不遇な境遇から幾多の困難にぶつかりながらも健気にそれを乗り越え希望を手にする日本版シンデレラ・ストーリー。（山内マリコ）

最高殊勲夫人　源氏鶏太

野々宮杏子と三原三郎は家族から勝手な結婚話を迫られるも協力してそれを回避する。しかし徐々に惹かれ合うお互いの本当の気持ちは……。（千野帽子）

コーヒーと恋愛　獅子文六

恋愛は甘くてほろ苦い。とある男女が巻き起こす恋模様をコミカルに描く昭和の傑作が、現代の「東京」によみがえる。（曽我部恵一）

断髪女中　獅子文六　山崎まどか編

新たに注目を集める獅子文六作品で、表題作「断髪女中」を筆頭に女性が活躍する作品にスポットを当てた文庫初収録作を多数含むオリジナル短篇集。

ロボッチイヌ　獅子文六　千野帽子編

長篇作品にも勝る魅力を持ちながら近年は読むことができなくなっていた貴重な傑作短篇小説の中から、男性が活躍する作品を集めたオリジナル短篇集。

ウスバカ談義《だんぎ》

二〇二五年三月十日　第一刷発行

著　者　梅崎春生（うめざき・はるお）

発行者　増田健史

発行所　株式会社　筑摩書房

東京都台東区蔵前二―五―三　〒一一一―八七五五

電話番号　〇三―五六八七―二六〇一（代表）

装幀者　安野光雅

印刷所　信毎書籍印刷株式会社

製本所　株式会社積信堂

ISBN978-4-480-44010-5　C0195

ちくま文庫